Chris Rose

Triade de nouvelles fantastiques

Du même auteur :

L'exécutrice des âmes damnées tome 1, 2, 3, 4, 5 aux éditions Books on Demand
La prophétie des contrées aux éditions Books on Demand
La contrée du gouffre aux éditions Books on Demand
Royaumes : le dragon de fer aux édition Books on Demand
Image de couverture : Ripsa

© 2023 Chris Rose
Édition : BoD - Books on Demand, info@bod.fr
Impression : BoD – Books on Demand,
In de Tarpen 42, Norderstedt (Allemagne)
Impression à la demande
ISBN : 978-2-3220-1432-3
Dépôt légal : Février 2015

L'île des révélations

Chapitre 1

Louna regardait la mer qui s'étendait devant elle, assise sur le sable. Le bateau qui l'avait amenée la veille au matin sur l'île était déjà sûrement amarré au port de Brest. Son père et elle avaient vécu depuis sa petite enfance à Paris. Elle ne connaissait rien d'autre que la tour Eiffel et Mont Martre. Ils avaient quitté leur appartement de cent mètres carrés rue de Lafayette dans le neuvième arrondissement pour cette maison de pêcheur qui se trouvait sur ce bout de terre éloignée. Son père, excellent vétérinaire réputé, avait décidé de vendre son cabinet sur Paris et revenir sur l'île où il avait rencontré sa femme. Elle était enterrée dans le cimetière de pêcheur qui se situait derrière l'église de l'île.

Le soleil se couchait derrière la mer. Le ciel avait une couleur orangée et les mouettes ramassaient à l'aide de leur bec, les petits crustacés qui se faufilaient entre les rochers. Louna avait dix-huit ans. Elle avait fêté son anniversaire le mois dernier en compagnie de ses amis parisiens qui lui manquaient beaucoup. Mathéo, le garçon dont elle était tombée amoureuse, lui téléphonait tous les soirs.

Mais jusqu'à quand ? Un jour, il se lassera de ne plus la voir !

Louna soupira et se leva, il était temps de rentrer !

Elle marcha pieds nus, tenant ses chaussures dans sa main sur le sable humide jusqu'à sa nouvelle maison. C'était une bâtisse en bois blanc, donnant sur la mer, rehaussée sur pilotis pour que la marée n'inonde pas la maison. Ainsi, lorsque vous vous retrouvez sur la terrasse, vous pouvez voir le soleil se coucher et se lever sur l'eau salée.

La jeune fille monta les marches et posa sa main sur la poignée de la porte d'entrée. Elle l'ouvrit. La télévision était allumée. Son père était allongé sur le canapé. Il dormait, fatigué de sa dure journée. Louna éteignit l'écran plat et prit la couverture qui se trouvait sur le bras du divan. Elle recouvrit son père pour qu'il n'ait pas froid durant la nuit puis monta l'escalier qui menait à l'étage et entra dans la salle de bain. Elle ôta ses vêtements et se doucha. Louna alla jusqu'à sa chambre avec la serviette autour de son corps et mit sa nuisette. La jeune fille ouvrit ses draps et s'allongea dans son lit. Elle ferma les yeux. Le sommeil ne venait pas. Elle n'avait pas fermé ses volets. La clarté de la lune illuminait sa chambre. Louna se leva de son lit et se dirigea vers sa fenêtre. Elle l'ouvrit et attrapa du bout des doigts, le bas des volets en bois. Puis, avant de les fermer, Louna baissa ses yeux vers la plage. Un chien ou plutôt un loup, vu son pelage, se tenait assis devant sa maison. Il la regardait. Louna, intriguée, attendit un moment. Que faisait le loup sur cette île ?

Elle vit l'animal se lever. Celui-ci boitait. Alors, elle sortit de sa chambre et descendit l'escalier doucement. Elle ne voulait pas réveiller son père. Elle ouvrit la porte et sortit de la maison. L'air était frais. Elle n'avait rien sur ses épaules. Le loup était toujours là. Lorsqu'elle avança vers lui, celui-ci fit un pas en arrière en levant sa patte avant droite. Louna souffla doucement dans sa direction :

— Eh ! N'aie pas peur. Je vais t'aider !

Le loup blanc s'assit sur le sable. Ses yeux verts regardaient Louna avec méfiance. Pourtant, il ne grognait pas. Il était calme. Ses poils n'étaient pas hérissés. Louna s'agenouilla et tendit sa main vers sa patte. Le loup la laissa faire. La jeune fille prit la patte de l'animal dans ses mains et la contempla dans tous les sens. Elle vit une épine de pin enfoncée entre ses coussinets. Elle sourit.

— Oh ! Je vois. Ce n'est rien. Tu vas juste avoir un peu mal lorsque je vais tirer sur l'épine.

Elle prit l'aiguille entre ses doigts et tira. Le loup émit un grognement, sans agressivité. Louna lui massa ensuite les coussinets comme le faisait son père avec les chiens qu'il soignait. Le loup se sentit bien. Louna se redressa. Elle frissonna à cause de la brise faisant voler ses longs cheveux châtains. Le loup posa sa patte avant au sol. Il lécha le dessus et leva son museau vers la jeune fille. Le regard émeraude de l'animal et l'océan du bleu des yeux de la jeune fille se croisèrent. Ils restèrent un long moment ainsi, à se regarder. Puis le loup tourna le dos à la jeune fille. Louna se frictionna les bras, elle commençait à être gelée. L'été touchait à sa fin et la température baissait. Surtout en bord de mer ! Elle rentra et se coucha. Elle s'endormit dès qu'elle ferma les yeux.

Ce matin-là, Louna se réveilla doucement encore fatiguée de la veille. Elle s'était endormie très tard. Ne trouvant pas le sommeil, elle s'était levée au milieu de la nuit, regardant encore une fois dans son large sac pour voir si aucun cahier ne manquait pour sa première journée de cours.

La petite ville côtière vivait exclusivement de la pêche et des importations de marchandises. Son centre-ville comptait une supérette, deux magasins de vêtements et un de chaussures. Un cabinet vétérinaire (qui appartenait à son père désormais), une librairie, un garage, une boulangerie, la mairie, un snack-bar, une église et son cimetière. Mais bizarrement, aucun cabinet médical ainsi que de pharmacie. C'est à croire que les gens ne sont jamais malades ici et aucun commissariat de police non plus ! Le maire avait deux agents à ses côtés qui faisaient régner l'ordre. Mais, à la grande déception de Louna, on y trouvait une petite faculté accolée à un lycée. Sans cela, elle aurait pu continuer ses études à Paris.

En face de ce bâtiment, se trouvaient aussi un collège, une école maternelle et primaire. En fait, tous les habitants de cette ville ne sortaient jamais de l'île. Tout était conçu pour qu'ils y restent et y vivent paisiblement. L'île n'est pas si petite que cela paraît !

Pourtant, si on regarde la carte de France, celle-ci est représentée par une toute petite tache. Louna avait cherché durant des jours à la bibliothèque et sur internet des renseignements sur cette île avant de venir s'établir ici avec son père. Elle n'avait rien trouvé, mis à part des légendes !

Louna se leva de son lit et descendit dans la cuisine prendre son petit déjeuner. Son père était assis, buvant son café. Il avait tout préparé, comme à son habitude. Elle adorait son père. Il ne s'était jamais remarié. Il avait eu bien des aventures, mais rien de concluant. Il voulait éviter à sa fille de vivre avec une femme qui ne serait pas une bonne mère. Alors, Louna se contentait des mamans de ses amis. Pourtant un jour, elle partirait et son père ne pourra pas vivre seul, il lui faudra quelqu'un ! C'est peut-être parce qu'il savait que sa fille pourrait continuer ses études ici qu'il a accepté la place de vétérinaire. Il leva les yeux sur elle et lui sourit.

— Nous partons dans une heure ! Je te dépose devant la fac avant d'aller au cabinet.

Pour seule réponse, Louna lui fit un signe positif de la tête. Dès qu'elle eut fini de déjeuner, elle monta dans sa chambre pour s'habiller. Elle choisit des dessous noirs en dentelle, un jean à taille basse avec une ceinture, un tee-shirt saillant avec des demi-manches , gris bleuté avec une tête de loup dessinée sur le dessus. Elle alla ensuite dans la salle de bain pour se brosser les dents, se coiffer et se maquiller légèrement. Au bout d'une demi-heure, elle fut prête. Elle descendit les marches, passa sa veste courte en cuir marron et enfila ses bottes montantes noires. Elle passa la bandoulière de son sac sur son épaule. Son père la suivit dehors et ferma la porte de la maison à clé. Ils montèrent dans la DS4 grise métallisée et le père de Louna se dirigea vers la ville. Il lui fallut un quart d'heure pour arriver devant la faculté. C'était un bâtiment blanc aux vitres immenses. L'immeuble en était rempli ! Il était entouré d'une grille en fer forgé et d'une immense allée jonchant une colonie d'arbres. De la pelouse avait été semée sur les côtés de l'allée et des bancs, ainsi que des tables, étaient installés pour le confort des étudiants. Des massifs de fleurs dessinaient des formes géométriques à quelques endroits du sol. Le confort d'une université moderne.

Louna embrassa son père sur la joue et sortit de la voiture. L'île n'ayant pas de transport en commun, celui-ci lui demanda de le rejoindre au cabinet qui se trouvait à cinq cents mètres pour pouvoir rentrer à la maison ensemble. La jeune fille franchit le portail du bâtiment et longea doucement l'allée. Les étudiants, qui se trouvaient dans l'allée et sur la pelouse, ne faisaient pas attention à elle. Des motos arrivaient et se garaient sous un porche en bois à côté des vélos. Louna regardait les étudiants sans trop les juger et faire de commentaires. Pourtant, elle sentait que quelque chose n'allait pas chez eux !

Une moto rouge métallisée et chromée stoppa près des autres deux roues. Louna était fascinée. Cette moto était vraiment magnifique ! Sur les côtés était peinte une tête de loup blanche qui se mariait parfaitement avec la peinture de l'engin. Elle regarda ensuite le conducteur ôter son casque. Il portait un blouson de cuir noir, un jean et des bottes noires en cuir avec des boucles argentées. Ses cheveux blonds, qui ondulaient par endroits, lui descendaient jusque dans sa nuque. Louna eut le souffle coupé. Tant de beauté dans un seul être !

Une voix à côté d'elle la fit revenir à la réalité.

— Coucou, c'est Sacha. Magnifique, n'est-ce pas ?

Louna tourna son visage vers la jeune fille qui se trouvait à côté d'elle. Elle avait des cheveux courts bruns et ses grands yeux noisette regardaient le jeune homme avec délice. Louna soupira doucement.

— Oui.

La jeune fille lui sourit joyeusement et détacha son regard de Sacha pour le poser sur Louna.

— Je m'appelle Laurène ! Tu as sûrement un prénom ?

— Oui. Louna.

— Très jolie ! Dans quelle section es-tu inscrite ?

— Mode et stylisme.

La jeune fille brune s'extasia.

— Moi aussi ! Quelle chance ! Tu sais, il n'y a pas beaucoup de facs qui le proposent. Ici, on est bien avantagé. En plus, j'adore la mode et on ne doit pas être beaucoup d'inscrits. Seulement dix, je crois. Ce sera plus facile pour nous !

Louna haussa les épaules.

— Si tu le dis !

Laurène la prit par le bras.

— Tu vas voir, je connais tout le monde ici. C'est normal, vu que je suis sur l'île depuis mon enfance. Je serais ta meilleure amie si tu veux et nous nous amuserons bien !, souffla-t-elle.

Louna haussa les sourcils.

— Parce que vous arrivez à vous amuser sur cette île ?

— Mais oui ! Tu verras !

Puis Laurène emmena Louna à son cours de stylisme. Sacha avait entendu les deux jeunes filles. Il les avait contemplées le temps qu'elles discutent. Louna étant revenue sur l'île, sa meute était au complet à présent. Mais pour cela, il va falloir qu'elle sache qui elle est ! Et en fin de compte, il ne pouvait pas mieux tomber, la jeune fille était magnifique !

Il entra à son tour dans le bâtiment, son casque à la main et se dirigea vers son cours de biologie.

Chapitre 2

Les jours suivants, Laurène montrait à sa nouvelle amie tous les endroits soi-disant cools de la ville.

Elle lui parlait des jours de fête sur l'île, des soirées organisées sur la plage par les jeunes de l'île, en ajoutant que tu devais être invité par une personne pour venir.

Un jour, alors qu'elles déjeunaient toutes les deux au self de l'université, Laurène apprit quelque chose d'important à Louna. C'était un midi ordinaire, Louna était là depuis plusieurs semaines et elle se rendait compte que chacun des étudiants appartenait à un clan. Ceux-ci étaient toujours avec le même groupe, ils ne se mélangeaient pas, ils restaient à l'écart et même lorsqu'ils sortaient en ville, c'était toujours entre mêmes amis. Elle décida de finir son dessert avant de lancer à Laurène :

— J'ai remarqué que les jeunes de cette île sortaient toujours en groupe uni. Même à la fac, les groupes restent ensemble et se retrouvent à la sortie des cours.

Laurène posa son verre sur son plateau. Elle grimaça. Il était temps d'apprendre à Louna les règles de cette île.

— Bien sûr, tu as remarqué. C'est un… comment te dire… une sorte de tradition. J'ai toujours connu ça ! En fait, dès que tu arrives à la fac, tu dois choisir un clan. Toi seul peux décider, personne ne t'y obligera.

Puis Laurène montra d'un signe de tête la table derrière eux en soufflant doucement :

— Vois-tu la table de dix derrière toi ? Louna fit un signe positif de la tête... Et bien, c'est le clan des Panthera… Louna se tourna... et à côté, le clan des Félis. Vient ensuite le clan des Lynx et Acinomyx, sur ta droite, celui des Félidés, après leur table, le clan des Cervidés, derrière ceux-ci, le clan des Accipitridés et Falconidés, sur notre gauche, la table des Ursidés et pour finir, mon clan à moi est celui des Canidés.

Louna la regarda en haussant les sourcils d'un air étonné.

— Vous prenez des noms de famille d'animaux ? lança-t-elle.

— C'est mieux que des noms de clan à coucher dehors, non ?

— Oui. Mais… pourquoi les familles d'animaux et non les noms des espèces ?

Laurène rit.

— Sinon, il y aurait trop de clans, bien sûr !

Louna regarda chaque table une à une. Lorsqu'elle se tourna, un jeune homme aux cheveux bruns et au regard sombre lui sourit amèrement. Elle avait déjà entendu parler de lui. Romaric Mac Edouard. Sa famille était originaire d'Angleterre. Il paraît que c'est un jeune homme arrogant et prétentieux. Elle ne savait pas, elle n'avait jamais eu l'occasion de lui parler. Puis ses yeux se posèrent sur Sacha qui se trouvait à quelques mètres d'elle sur la même table. Il était assis à côté d'une ravissante fille brune. Celui-ci se leva et prit son plateau dans ses mains, les autres en firent autant. Lorsqu'il passa près des deux jeunes filles, il se pencha vers Laurène et lui souffla à l'oreille tout en regardant Louna dans les yeux :

— Notre clan organise une soirée sur la plage ce soir, Laurène. Amène ton amie avec toi !

Laurène en fut ravie. Elle le remercia et le regarda partir. Louna n'oubliera jamais le sourire que lui avait adressé le jeune homme. Il resterait ancré dans sa mémoire. Les deux jeunes filles se levèrent à leur tour et posèrent leur plateau sur le tapis roulant. Elles se dirigèrent ensuite vers leur prochain cours. Louna n'écoutait pas le professeur et regardait par la baie vitrée. Elle avait hâte d'être à ce soir, car enfin elle allait pouvoir s'amuser.

Chapitre 3

Il était vingt heures trente lorsque Laurène sonna à la porte de son amie. Celle-ci était déjà prête et comme les maisons se trouvaient en bord de plage, elles n'avaient pas besoin de prendre de voiture. Leurs jambes suffiraient. La soirée se déroulait derrière les dunes, éloignées des habitations et proches de la seule forêt qui entourait l'île. Le cœur de Louna battait la chamade à chaque enjambée qu'elle faisait jusqu'aux dunes. Elle portait une jolie robe courte à fleurs rouge et beige, un legging beige à dentelle et sa veste courte en cuir marron. Elle était pieds nus et portait ses chaussures à la main. C'était plus facile de marcher sur le sable ainsi ! Même si celui-ci était un peu froid. Elle entendit Laurène lui souffler :

— Nous y sommes !

La musique résonnait dans les oreilles de Louna. Elle aperçut un feu de camp sur le sable. De jeunes gens dansaient déjà et certains avaient commencé à boire. Laurène l'avait prévenu qu'il y aurait de l'alcool, mais si elle n'en voulait pas, elle n'était pas obligée de boire. Il y avait aussi des jus de fruits.

Louna compta environ vingt personnes autour du feu, en train de s'amuser. Laurène la fit s'assoir sur le sable face au feu. Puis celle-ci alla chercher deux jus de fruits. Elle tendit celui pour Louna à la jeune fille tout en susurrant :

— Il y a quelqu'un que je dois voir. Je te laisse. Amuse-toi bien !

Louna prit le jus de fruits.

— Mais je… je ne connais personne et…, bégaya Louna.

Laurène la coupa :

— Ben, vas-y ! Fais-toi des amis ! Ils sont gentils, tu verras ! Et Laurène partit rejoindre un jeune homme non loin de là.

Elle posa ses lèvres sur celles du jeune homme et ils s'enlacèrent. *Sûrement son petit ami !* se dit Louna. La jeune fille resta assise un moment à contempler le feu et à boire son jus de fruits. Elle regarda les étudiants. Trois jeunes filles parlaient entre elles. Elle ne voulait pas les déranger. Des garçons hurlaient et riaient autour du feu en mimant des gestes que seuls eux comprenaient, et d'autres, les amoureux, étaient enlacés l'un contre l'autre en se caressant et s'embrassant. Louna se leva. Ils habitaient ici depuis toujours, ils se connaissaient par cœur. Elle venait d'arriver ! Une étrangère à leurs yeux. Louna préféra s'éloigner et se mettre à l'écart. Elle s'assit sur un rocher qui était juste face à la mer et regardait l'horizon. La lune était ronde, elle illuminait le ciel. Elle posa sa bouteille de jus de fruits sur le sable et replia ses genoux vers sa poitrine. Elle enlaça ses jambes de ses bras et posa sa tête sur ses genoux. Elle soupira et ferma les yeux. Elle sentait l'air frais sur son visage. Elle se concentra sur la musique et chantonna doucement. Une voix l'interrompit.

— Tu comptes rester là jusqu'à ce que ton amie vienne te chercher ?

Louna sursauta et déplia ses jambes rapidement. Elle faillit basculer du rocher. Deux mains la retinrent par le bras doucement et une voix mélodieuse susurra à son oreille :

— Excuse-moi, je ne voulais pas te faire peur !

Elle tourna son visage vers celui qui se tenait à côté d'elle. Ses yeux ! Elle avait déjà vu ce regard !

— Non… je… je… je ne veux pas déranger, bafouilla-t-elle.

Sacha se leva du rocher et tendit sa main vers la jeune fille.

— Viens avec moi !

Louna détourna son regard en soupirant.

— Je ne sais pas, je…

Sacha attrapa la main de la jeune fille sans que celle-ci le lui ait tendu et il l'obligea à se lever.

— Viens danser !

Louna le suivit avec un peu de réticence, mais elle ne pouvait défaire sa main de celle du jeune homme, il la tenait fermement. Il la planta au milieu des danseurs expérimentés et resta face à elle ne lâchant pas la main de la jeune fille.

— Danse à présent !, souffla-t-il. Amuse-toi !

Il tint la main de la jeune fille fermement et la leva au-dessus d'elle, puis la fit tourner. Il l'attira ensuite vers lui et passa son bras libre autour de la taille de Louna. Celle-ci se retrouva face à face avec le jeune homme. Son regard émeraude plongeant dans celui de la jeune fille. Louna avait le cœur qui battait très vite, le souffle court, les mains moites. Tombait-elle amoureuse de ce jeune homme dont elle connaissait à peine et oubliait-elle Mathéo ?

Sacha dégageait une aura incroyable. Elle le sentait ! Depuis qu'elle était sur cette île, beaucoup de choses en elle se métamorphosaient. Elle ne pouvait pas se l'expliquer. Elle ne comprenait pas elle-même. D'abord, ce fut l'ouïe, elle entendait mieux. Puis l'odorat. Les odeurs de la boulangerie qui se trouvait à trois kilomètres parvenaient jusqu'à ses narines lorsqu'elle ouvrait ses volets le matin. Elle courait plus vite aussi. Ce qui n'était jamais arrivé à Paris !

Sacha cessa de la faire danser et se positionna devant elle très rapidement. Les autres jeunes gens arrivèrent près de lui avec une rapidité étonnante. Louna en était ébahie. La musique fut éteinte. Un silence régnait. On n'entendait que le bruit des vagues venant s'échouer sur les rochers. Louna regarda les jeunes gens autour d'elle. Leur visage était crispé et ils étaient sur la défensive. Elle avait cru entendre un grognement provenir de l'un d'eux. Mais ce n'était sûrement qu'un raclement de gorge ! Laurène se tenait à côté d'elle. Louna posa sa main sur son bras.

— Que se passe-t-il ? chuchota-t-elle.

Son amie lui prit la main sans la regarder et souffla, avec une voix cassée :

— Des ennuis !

Puis Louna aperçut une autre bande de jeunes gens qui arrivaient face à eux. Elle reconnut Romaric. Ils étaient une dizaine, deux fois moins nombreux que le clan des Canidés. Celui-ci stoppa face à Sacha. Il le regardait en souriant. Il ne disait rien et contemplait une à une les jeunes filles qui étaient derrière et à côté de Sacha. Son regard se posa tout particulièrement sur Louna, qui baissa les yeux dès que le jeune homme la fixa.

— Tu n'es pas invité, Romaric ! gronda Sacha.

Celui-ci soupira, toujours le sourire aux lèvres.

— Pourtant, je suis de ton clan, Sacha.

— Tu ne l'es plus. Je t'ai banni ! Tu n'as plus rien à voir avec nous.

Romaric contourna Sacha et fit le tour des jeunes filles qui se trouvaient dans le clan de Sacha en les observant attentivement. Il s'arrêta entre Laurène et Louna. Il parla d'une voix calme en direction de Sacha.

— Je voudrais juste avoir l'une de tes louves, Sacha ! Tu en as tellement, je ne pense pas que l'une d'elles te manquerait.

Sacha, qui était de dos, se tourna vers lui. Il prit un regard menaçant.

— Tu ne peux pas prendre une louve qui fait déjà partie d'une meute. Elles font toutes parties du clan des Canidés !

Romaric regarda Laurène et passa sa main sur sa joue.

— Toutes ! En es-tu sûr, Sacha ? lança-t-il vers le jeune homme.

Puis, en un mouvement rapide, il se positionna derrière Louna et posa son bras gauche sous son cou. Son bras droit coinça les bras de la jeune fille dans son dos. Louna ne pouvait plus bouger. Laurène poussa un cri de stupeur. Non, pour Louna, ce fut plutôt un jappement. C'était tellement bizarre tout ce qui se passait.

— Non ! Laisse-la tranquille ! hurla Sacha.

Romaric approcha sa bouche de la joue de la jeune fille qu'il tenait et la lécha. Louna pensa qu'il l'aurait embrassée, mais il la léchait, comme un chien. Il souffla en même temps vers Sacha :

— Toutes, sauf elle, Sacha. Elle n'a pas encore de clan !

Louna voulut s'extirper des bras du jeune homme, mais la force de celui-ci était incroyable. Sacha ferma les yeux et soupira. Il les rouvrit et fixa Romaric.

— La veux-tu ?

— Oui.

— Alors, tu devras te battre avec moi, Romaric !

— Je n'attends que ça Sacha ! Mais où je le voudrais et quand je le voudrais.

Romaric lâcha la jeune fille qui suffoquait à cause du bras sous son cou. Louna s'agenouilla au sol et posa ses mains à terre. Elle reprit une grande bouffée d'air et toussa. Laurène s'assit face à elle.

— Ça va, Louna ?

Romaric avança vers Sacha et lui lança avant de partir :

— Je te dirai quand. Tiens-toi prêt !

Le clan de celui-ci le suivit dès qu'il s'éloigna du clan des Canidés.   Louna se releva doucement. Laurène voulait l'aider, mais elle la repoussa et sans rien dire, elle courut sur la plage vers sa maison. Ses yeux s'embuaient. La voix de Laurène se fit entendre derrière elle.

— Louna, attends !

La jeune fille arriva sur les marches de sa maison. Laurène stoppa devant la première marche et posa sa main sur la rambarde.

— Attends Louna. N'aie pas peur !

Louna se tourna vers elle.

— Va-t'en ! Laisse-moi tranquille. Laissez-moi tous tranquille !

— Mais Louna, tu ne…

— Quelle est cette histoire de louve ? hurla Louna. Et de meute ? Ce n'est pas normal ! Peux-tu me le dire ?

Laurène soupira en hochant négativement la tête.

— Tu ne comprendrais pas Louna. Je suis ton amie. Je veux t'aider.

Louna posa sa main sur la poignée de sa porte d'entrée en rageant.

— M'aider à quoi ? Va-t'en ! Laisse-moi.

Puis Louna entra dans sa maison rapidement. Elle referma la porte derrière elle. Laurène soupira et retourna auprès de sa meute. La fête était finie. Le clan des Panthera avait gâché l'évènement. Sacha attendait Laurène. Il éteignit le feu de camp avec les deux bouteilles d'eau qu'il avait apportées. Lorsque la jeune fille arriva près de lui, il la contempla.

— Comment va-t-elle ?

— Énervée, sous le choc, elle ne comprend pas, elle est perdue, souffla-t-elle.

— Il y a de quoi, tu ne crois pas ?

Il lui sourit. Laurène l'aida pour le feu. Elle s'accroupit et mit du sable sur les braises. Elle soupira tout en regardant Sacha :

— Maintenant, nous avons Romaric sur le dos !

Sacha ramassa les canettes et les bouteilles qui traînaient près du feu.

— Romaric, c'est mon problème, souffla-t-il. Toi, occupe-toi de Louna !

La jeune fille se redressa et frotta ses mains l'une contre l'autre.

— Bien Sacha.

Le jeune homme vit les chaussures de Louna sur le sable, il les ramassa et les mit dans son sac à dos. Il les lui rendrait plus tard. Dès que son amie et lui eurent fini de nettoyer la plage, il raccompagna Laurène jusque chez elle et se rendit chez lui. Demain, il essaierait de parler à sa meute à propos de Louna.

Chapitre 4

Louna évitait de croiser Laurène et les autres élèves depuis ce fameux soir sur la plage. Elle préférait rester seule. Laurène avait bien essayé de lui parler, mais elle restait muette à ses propos. Lorsqu'elle rentrait chez elle, elle restait assise sur sa terrasse à regarder la mer et son horizon. Elle aimerait tant qu'un bateau puisse l'emmener loin de cette île !

Un soir, alors qu'elle contemplait les étoiles dans le ciel, assise sur une chaise de jardin, elle entendit le bruit d'une moto se garer près de sa maison. Louna leva juste la tête et aperçut des cheveux blonds derrière la rambarde. Sacha se positionna devant la première marche de l'escalier qui menait sur la terrasse de la maison de pêcheur. Il s'accouda sur la rambarde en regardant la jeune fille. Elle était assise sur une chaise, jambes tendues devant elle, ses baskets noires reposant sur une autre chaise face à elle, le blouson remonté jusqu'au cou et les mains dans les poches. Elle le contemplait sans dire un mot. Alors, il prit une profonde inspiration et soupira en tendant sa main devant lui :

— Viens ! Je veux te montrer quelque chose !

Louna hésita. Elle grimaça puis se leva de sa chaise toujours les mains dans les poches de son blouson, elle se dirigea vers Sacha sans prendre la main qu'il tendait. Elle passa à côté de lui et attendit qu'il la guide. Sacha l'emmena derrière les dunes. La jeune fille n'avait toujours rien dit. Il s'arrêta de marcher et commença à descendre la fermeture de son blouson en cuir. Puis il ôta son sweat-shirt. Louna écarquilla les yeux. Que faisait-il ?

— Je ne crois pas que…, bafouilla-t-elle.

Sacha se tourna vers elle et la coupa :

— Ce n'est pas ce que tu crois. Regarde et tu comprendras !

Pour le regarder ! Ça, les yeux de Louna ne quittaient pas ce torse musclé et bronzé. Elle souffla lorsque le jeune homme ôta ses chaussures et son jean :

— Tu vas t'arrêter là, n'est-ce pas ?

Sacha lui sourit.

— Oui. Je peux garder mon caleçon !

Louna regarda le jeune homme se tourner vers la mer et tendre les bras en l'air. La respiration de Sacha se fit plus rapide, sa peau scintillait de duvet blanc. Puis, en un instant, Sacha disparut sous la clarté de la lune et Louna n'aperçut que le caleçon bleu sur le sable. À sa place se tenait un loup dressé sur ses quatre pattes. Ce même loup dont elle avait ôté l'écharde de son coussinet. L'animal regardait Louna. Ses yeux ? Mais oui, c'était ça ! Les yeux de Sacha se trouvaient être ceux du loup.

Louna recula rapidement. Elle ne le croyait pas. Elle trébucha et se retrouva assise sur le sable. Son cœur palpitait, son souffle était coupé. Comment était-ce possible ?

Le loup avança lentement vers elle. Louna ne bougea plus. L'animal approcha sa gueule du visage de la jeune fille et le lui lécha. La jeune fille posa sa main sur le cou du loup et fit glisser ses doigts entre les longs poils blancs de l'animal. Il était si magnifique !

Puis sa main sentit une peau douce sous ses doigts. L'animal avait repris la forme humaine. Une voix lui susurra à son oreille :

— Maintenant, tu comprends pourquoi des clans se forment sur cette île.

Sacha avait le visage proche de celui de la jeune fille. Il la regardait dans les yeux, caressant sa joue.

— Je comprends. Êtes-vous tous des…métamorphes ? demanda Louna.

— Oui Louna. Tous ceux qui font partie de cette île le sont. Même les adultes.

— C'est pour ça qu'il n'y a aucun étranger et que vous ne quittez jamais cette île ?

— Oui. Et c'est aussi pour ça que cette île n'est pas répertoriée sur les cartes.

Les lèvres de Sacha frôlaient celles de Louna.

— Mais moi, je suis étrangère, soupira-t-elle.

Les lèvres suspendues à celles de la jeune fille, Sacha soupira :

— Non Louna. Ta mère était de cette île. Tu es née ici. Tu es comme nous… comme moi.

Et au moment où le jeune homme posa ses lèvres sur celles de la jeune fille, celle-ci se redressa rapidement et gronda, sourcils froncés :

— Non ! Je le saurais si j'étais comme toi ! Il ne sait rien passer d'extraordinaire pour moi !

Sacha se leva à son tour, entièrement nu à la vue de la jeune fille qui était trop en colère pour se soucier de la nudité de ce corps d'athlète. Sacha souffla tout en la regardant :

— Depuis que tu es ici, je suis sûr que ton ouïe est meilleure et ton odorat aussi. Tu ressens des transformations en toi que tu ne peux pas expliquer.

Louna ferma les yeux et secoua vivement la tête de gauche à droite.

— Non ! Non ! Ce n'est pas possible ! hurla-t-elle.

Puis elle tourna le dos au jeune homme et marcha d'un pas pressé vers sa maison. Sacha se rhabilla rapidement et courut derrière elle. Il lui agrippa le bras et l'obligea à se retourner. Sacha tint les poignets de Louna en serrant fermement.

— Tu fais partie du clan des Canidés, que tu le veuilles ou non, gronda-t-il. C'est ainsi !

Louna le repoussa.

— Laisse-moi !

Puis elle fit le reste de la distance qui la séparait de sa maison en courant.

— Tu fais partie de ma meute, Louna ! Tu es ma loupa ! cria Sacha.

La jeune fille ouvrit la porte de sa maison et entra très vite. Elle ferma celle-ci à clé derrière elle. Elle resta un moment appuyée sur le chambranle de la porte. Des larmes coulaient sur ses joues. Son père, qui se trouvait dans la cuisine, apparut dans l'entrée et la regarda. Louna leva ses yeux vers lui et demanda, d'une voix tremblante :

— Est-ce que c'est vrai, papa ? Est-ce que je suis une métamorphe ?

Son père soupira. Sa fille comprenait enfin. Il était revenu spécialement sur cette île pour permettre à Louna d'extérioriser l'animal qui était en elle. Elle tenait cela de sa mère. Lui n'était qu'un simple humain. Il était autrefois le vétérinaire de cette île et était revenu lorsque le maire l'avait rappelé. Sa fille devait savoir ce qu'elle était et vivre sur cette île. Il s'approcha de Louna et lui prit la main. Il essuya ses larmes.

— Il y a certaines choses que je dois t'expliquer Louna. Viens t'assoir, susurra-t-il.

Louna suivit son père dans le salon et s'assit sur le canapé. Elle ôta son blouson. Son père s'assit à côté d'elle et prit ses mains dans les siennes tout en commençant son récit. Il raconta tout d'abord son arrivée sur cette île il y a de cela plus de dix-neuf ans. La rencontre avec sa mère. Comment il apprit le secret de cette île. Le jour où sa femme lui avait fait voir sa transformation. L'annonce de la grossesse. Le moment où Louna est venue au monde. La grave blessure de sa femme lors d'un combat avec un métamorphe tigre qui lui a coûté la vie et leur départ de cette île, ne pouvant supporter de vivre sans son adorable épouse. Puis, le fait qu'il devait revenir sur cette île pour elle. Pour qu'elle puisse savoir qui elle était vraiment et vivre avec les siens. La jeune fille écoutait attentivement son père sans l'interrompre. Elle savait pourquoi maintenant les étudiants formaient des clans. Ils avaient chacun une famille animale à laquelle ils appartenaient. Elle, c'était celle des Canidés. Regroupant loups, chiens, renards. Pourquoi donc Romaric en était-il après elle puisqu'il faisait partie de la famille des Félidés ? Celle-ci regroupe toutes les espèces de félin. Elle n'avait rien à voir avec celle de Sacha !

Elle avait entendu le jeune homme blond dire au brun qu'il l'avait banni, qu'il ne faisait plus partie de sa meute. Donc, c'était certainement un loup sans meute. C'est peut-être pour cela qu'il la veut !

Son père ayant fini son récit, Louna se leva du canapé et l'embrassa sur la joue.

— Je t'aime papa, souffla-t-elle.

Puis elle monta dans sa chambre, se déshabilla, mit sa nuisette et se coucha. Elle s'endormit en pensant à ce que serait sa vie à présent, sachant qu'elle était de nature animale, il faudra qu'elle garde ce secret pour elle auprès de ses anciens amis parisiens et surtout, auprès de Mathéo. Est-ce qu'elle l'aimait encore au moins ? Elle en doutait ! Son cœur balançait du côté de Sacha à présent. Maintenant, elle savait pourquoi ! Elle était sa loupa, sa femelle. Il l'attendait. Tout son clan l'attendait.

Chapitre 5

Louna s'était faite à l'idée qu'elle était une louve. Pourtant, depuis qu'elle connaissait ce secret, elle ne s'était pas encore transformée ! Elle ne savait pas comment faire. Laurène lui apprenait tout ce qu'elle devait savoir sur son statut de loupa. Elle était bien destinée à Sacha. Pour l'instant, il ne s'approchait pas d'elle et n'essayait pas de l'embrasser ou de la prendre dans ses bras. Elle savait aussi et s'en doutait, bien sûr, que Romaric était bel et bien un loup et qu'il l'avait choisie pour être sa louve. Ayant été banni de son clan, un ami qui faisait partie de celui des Félidés l'a emmené dans sa meute, et depuis, grâce à sa force et sa bestialité, il était devenu le chef.

Un soir, alors qu'elle avait fini son repas et s'était assise sur le canapé devant une série télévisée, Louna entendit sonner à sa porte. Son père était encore au cabinet et il avait ses clés ! Qui cela peut-il être ? Elle n'attendait personne en particulier. Elle se leva et se dirigea vers la porte d'entrée qu'elle ouvrit doucement. Laurène se tenait devant elle tremblante et apeurée. Ses yeux étaient embués. Sans rien dire, Louna posa ses mains sur ses épaules et la fit entrer. Laurène la regarda tout en parlant, sa voix tremblait :

— C'est pour ce soir, Louna !

Louna fronça les sourcils.

— Quoi ?

— L'affrontement entre les Canidés et les Félidés !

Louna se pinça les lèvres, réfléchissant.

— Je croyais que seuls Sacha et Romaric devaient se battre.

— Oui… au début. Mais si l'un d'eux faiblit ou est mis à terre, celui qui reste debout ordonnera à sa meute d'attaquer l'autre.

— Et crois-tu que Sacha le ferait ? Cela pourrait blesser certains d'entre nous.

Laurène soupira.

— Sacha, non. Mais Romaric le fera !

Louna prit sa veste sur le portemanteau. Heureusement qu'elle était encore habillée ! Elle regarda ensuite Laurène dans les yeux.

— Dis-moi ce que je peux faire pour empêcher ça ?

— Très bien, soit tu vas avec Romaric, soit tu devras te battre contre lui s'il met Sacha à terre pour lui faire savoir que tu ne veux aucunement être sa loupa et que tu es bien de notre clan.

Louna ouvrit la porte d'entrée et souffla à son amie, sans la regarder :

— On y va !

Louna commençait déjà à avancer lorsque Laurène lui agrippa le bras pour la stopper. Ses yeux étaient secs à présent. Elle approcha son visage de celui de Louna.

— Tu dois être sûre, Louna ! expliqua-t-elle sérieusement.

— Sûre de quoi ?

— Sûre de vouloir être la loupa et… le plus important… tu dois être sûre d'aimer Sacha. Sinon, un jour, tu seras banni et tu te retrouveras seule.

Louna la fixa sans osciller le moindre sourcil.

— Je suis sûre, Laurène !

Puis, elle reprit sa course. Son amie, qui marchait dans ses pas, lui lança :

— Mais tu ne sais pas te transformer ! Comment vas-tu faire ?

Louna lui répondit sans se retourner et continua à avancer.

— J'y arriverai !

Elles arrivèrent derrière les dunes au bout d'un quart d'heure de marche. Les deux clans étaient déjà sur place, se faisant face. Louna se fraya un chemin parmi les siens jusqu'à ce qu'elle arrive à hauteur de Sacha. Celui-ci la sentit à ses côtés, il lui souffla, sans la regarder, les yeux rivés sur le jeune homme brun face à lui :

— Tu n'aurais jamais dû venir, Louna. C'est dangereux. Sans transformation, tu n'as aucune chance !

La jeune fille lui prit la main.

— Laisse-moi en décider Sacha. Je veux faire partie de ce clan, susurra-t-elle.

Les yeux verts du jeune homme se posèrent dans les siens et ils se regardèrent un moment, sans rien dire. Romaric, jaloux de cet amour naissant, gronda vers l'alpha des Canidés :

— Allez, Sacha ! Il est temps de prouver ta valeur et de savoir lequel de nous deux fera de Louna sa loupa.

La jeune fille lança un regard noir en direction de Romaric qui lui répondit par un sourire sournois. Sacha lâcha la main de Louna et avança vers le jeune homme brun. Les deux clans firent une ronde et leur laissèrent de la place pour combattre. Les deux jeunes hommes se regardèrent et tournèrent en rond, face à face. Dès que l'un stoppait, l'autre aussi. Plus personne ne bronchait. On n'entendait que les vagues heurter les rochers et le cri des mouettes dans le ciel. Puis, dans un élan, les deux jeunes hommes se ruèrent dessus. Mais à la place de se battre à coups de poings et de pieds, ils se battaient à coup de crocs. Un loup blanc et un loup noir s'affrontaient au clair de lune. Louna devait bien admettre que Romaric était plus beau en loup qu'en humain ! Ses longs poils noirs contrastaient avec le blanc de ceux de Sacha. Puis elle se demanda soudainement de quelle couleur serait sa fourrure à elle. Le combat n'en finissait pas. Les deux loups avaient la même force. À chaque coup de crocs dans la gorge, Louna sursautait, sentant son cœur exploser dans sa poitrine. Elle frémissait, comme tous ceux qui l'entouraient et qui n'attendaient qu'une chose, que l'animal qui était en eux montre ses crocs. Soudain, un hurlement plaintif de loup se fit entendre. Le clan des Canidés était sur la défensive. Ce cri provenait de leur alpha. Louna prit la main de Laurène qui se trouvait à côté d'elle et la lui serra.

— Que se passe-t-il ? demanda-t-elle d'une voix tremblante.

Laurène gronda, d'une voix rauque, toujours en regardant le combat :

— Sacha est à terre. Dès que Romaric l'achèvera, nous devrons combattre ou nous soumettre !

Louna regarda son amie, puis les jeunes gens qui étaient autour d'elle. Ensuite ceux de l'autre clan. Non, il ne fallait pas de blessés ou de morts ! Elle devait faire quelque chose. Elle seule le pouvait. Le loup blanc était allongé au sol. Le loup noir tournait autour de lui tout en grognant. Il attendait que son adversaire se relève. La fourrure de Sacha s'évapora, laissant place à une peau bronzée.

— Arrête, Romaric. Des gens vont être blessés ou tués, je ne pense pas que tu le souhaites, moi je ne le souhaite pas, souffla Sacha vers l'autre loup.

Mais le loup noir grogna de plus belle en montrant ses crocs. C'était le moment, il pouvait se débarrasser de Sacha et devenir le maître des deux clans ! Il s'appuya sur ses pattes arrière, prêt à bondir sur l'humain devant lui. On entendit un « Non ! » dans la foule et Louna courut vers les deux jeunes hommes. Au moment où le loup noir bondit en direction de Sacha pour enfoncer ses crocs dans sa gorge, celui-ci fut heurté de plein fouet par une masse rousse qui avait surgi de l'un des deux clans. Il roula sur le sable et se redressa sur ses quatre pattes rapidement. Il secoua la tête, encore abasourdi par ce qui venait de se passer et regarda le loup qui se tenait devant lui. D'une fourrure rousse flamboyante, de grands yeux bleus, il était magnifique ! Sacha leva son visage vers le loup qui venait de lui éviter une mort certaine. Il regarda ensuite son clan. Ils étaient tous émerveillés. Puis il aperçut des vêtements sur le sable. Ceux de Louna. Il comprit. Le loup noir tourna autour du loup roux, qui d'après son odeur, était une louve. Louna ! Il grognait. Elle voulait le défier. Pourquoi pas ! Une novice par rapport à Sacha ! Celle-ci attendait qu'il fasse le premier pas. Alors, le loup noir sauta sur le dos de la louve et ils roulèrent sur le sable. Le bruit des grincements de crocs résonnait en écho dans les dunes. Sacha voulait se relever, mais il en fut incapable. Sa jambe droite le faisait souffrir. La morsure du loup noir était profonde. Il regardait le combat en espérant que celui-ci ne se terminerait pas mal. La louve haletait, fatiguée par ce face-à-face. Le loup noir s'en aperçut. Pourtant, il ne voulait pas l'achever, il voulait la faire se soumettre. Elle comprendrait très vite qu'elle n'était pas de taille ! Elle était allongée sur le dos et le regardait. Il mordilla l'une de ses pattes. La louve grognait, oreilles baissées. Puis il se retrouva au-dessus d'elle et enfouit sa gueule dans la fourrure du cou de la louve. Dans un effort bestial, la louve posa ses pattes avant sur le cou du loup noir et le fit rouler sur le sable. Elle lui dégagea sa gueule de son cou et se redressa sur ses pattes. Puis, sans attendre la réaction de son adversaire, c'est elle qui lui sauta dessus et enfonça ses crocs dans le flanc gauche du loup noir qui était pourtant sûr d'avoir réussi à la soumettre. Son hurlement de douleur envahit la plage. Il se redressa et son cri plaintif le surprit. Il avait perdu ! Il regarda la louve, lui lança un jappement de renonciation et courut en direction de la ville. Louna reprit la forme humaine. Elle était nue. Pourtant, elle n'avait pas froid. Elle regardait le loup noir s'éloigner, le goût de son sang était encore sur sa langue. Elle devra s'y faire. Laurène regarda l'autre clan.

— Votre alpha a perdu ! Il est temps pour vous d'en changer. Je ne crois pas que vous voulez un affrontement. Nous non plus. Nous voulons vivre en paix. Nous ne voulons pas de blessés ni de morts. Qu'en pensez-vous ? lança-t-elle.

Un jeune homme brun du clan des Félidés prit la parole :

— Nous non plus. Nous suivions notre alpha parce qu'il était le chef, mais cette bataille n'est pas la nôtre, elle ne nous concerne pas. Nous allons partir. Et nous choisirons un autre alpha !

Sur ces paroles, le clan des Félidés se dispersa. Laurène demanda aux siens d'en faire autant. Puis, avant qu'elle ne parte elle-même, elle regarda une dernière fois en direction de Louna. Sa louve. La loupa. Elle lui serait fidèle à tout jamais !

Louna resta un moment debout à contempler la direction que le loup noir avait prise, en espérant ne plus jamais le revoir. Puis elle entendit gémir derrière elle. Sacha essayait de se relever. Elle regarda la plage, ils étaient seuls désormais. Tous les autres étaient partis et il n'y avait pas eu de bataille. Elle avait réussi. Elle courut vers Sacha et s'agenouilla près de lui.

— Ne te lève pas ! Tu es blessé, souffla-t-elle.

Sacha posa sa main sur la joue de la jeune fille.

— Merci. Tu m'as sauvé la vie.

Louna sourit.

— Ce n'est pas ce qu'une loupa doit faire pour son Alpha.

— Si. Chacun doit protéger les siens.

— Et c'est aussi ce que doit faire une louve pour son loup, soupira Louna... Sacha prit le visage de Louna en coupe... Je vais aller chercher mon père ! Il va te soigner, ajouta-t-elle.

Mais le jeune homme approcha le visage de la jeune fille du sien l'empêchant de partir. Leurs lèvres se frôlaient, Sacha souffla doucement :

— Cela peut attendre. Je ne vais pas mourir.

Puis il appuya ses lèvres sur celles de la jeune fille. Son baiser était doux et sensuel. Louna en oublia ceux de Mathéo. Tout en embrassant les lèvres de la jeune fille,

Sacha l'allongea sur le sable. Il caressa sa peau. Louna soupira de désir. Elle ne pouvait plus attendre. Lorsqu'il se positionna au-dessus d'elle et qu'il posa ses yeux dans les siens, leur visage face à face, Louna enlaça le cou du jeune homme de ses bras et celui-ci entra en elle. Ils étaient le couple alpha du clan des canidés. Elle l'aimerait. Il l'aimera. Ils étaient faits l'un pour l'autre, et ce, depuis leur naissance. Ils faisaient partie du même clan, du même monde. Elle resterait sur cette île à tout jamais. Donnant naissance à d'autres métamorphes qui vivraient aussi sur ce bout de terre éloigné de tout, jusqu'à ce que quelqu'un, un jour, apprend leur existence et décide de les chasser. Et si cela devait arriver, elle saurait, elle et son clan, faire face à la situation et trouver un éventuel arrangement. Rien ne devrait être réglé par la force ! Trop de morts et de souffrance pour rien ! Elle ne veut pas de cela pour son île !

Pour le moment, elle savourait les bras de son loup et son souffle sur sa peau. Le reste n'avait plus d'importance, elle en oublia qui elle était vraiment… Louna, fille de la lune…

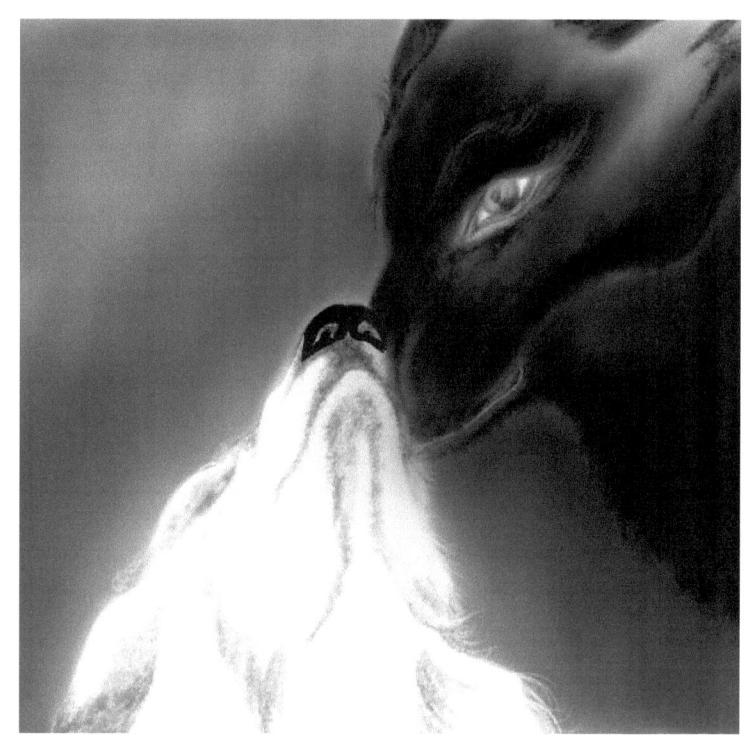

À FLEUR DE PEAU

.1.

Mon bipeur sonna alors que je préparais mon petit déjeuner. J'avais travaillé la moitié de la nuit au commissariat. Je n'avais dormi que trois heures et je manquais déjà à mon supérieur !

J'habite dans un trois-pièces meublé avec Pacha au-dessus d'une bijouterie, rue du Temple dans le troisième arrondissement de Paris. Non, Pacha n'est pas le prénom de mon petit ami. D'ailleurs, quand on y pense, ce serait bizarre comme prénom pour un être humain ! Pacha est mon gros chat persan et blanc aux yeux bleus. Les plus beaux joyaux de ma collection de pierres précieuses ! Il mange comme quatre et dort toute la journée. J'aurais pu l'appeler Garfield (le chat orange du dessin animé) si j'avais su qu'il deviendrait aussi énorme !

Je m'assis devant mon bol de café et je regardai Pacha face à moi, il se tenait sur la chaise haute que je lui avais achetée en emménageant ici et qu'il adorait par-dessus tout. Surtout lorsque je prends mes repas ! Il buvait son bol de lait. Je jetai un œil sur mon téléphone portable. Renault Pelletier, mon supérieur, m'attendait sur les lieux d'un crime. Je devais filer ! Je bus quelques gorgées de mon café et enfournai un muffin dans ma bouche. J'étais déjà en uniforme et mon holster d'épaule était passé sous ma veste. J'enfilai mon Sig sauer dans son étui et mis mes rangers noirs. Le muffin était toujours coincé entre mes dents lorsque je refermai ma porte d'entrée à double tour. Je descendis les escaliers (pas d'ascenseur !) de mon immeuble en courant et me dirigeai vers ma voiture garée sur le bord du trottoir. Une vieille Clio rouge. Je n'avais pas encore les moyens d'acheter une bagnole neuve ! Je m'assis devant le volant et démarrai. J'avais omis de mettre ma ceinture… tant pis ! Je roulai jusqu'au boulevard Richard Lenoir, trouvai une place de parking et garai la Clio. J'en descendis et rejoignis les voitures de police garées devant l'entrée d'une maison grise, coincée entre deux immeubles à trois étages. La rue était coupée dans les deux sens. Les agents de police étaient placés derrière les rubans jaunes et tenaient à l'écart les curieux matinaux. Il était sept heures quarante-cinq sur ma montre. Je sortais ma plaque de ma poche intérieure de veste et la montrai à l'agent qui se tenait derrière le ruban. Celui-ci le souleva et me fit un signe de la main de passer. J'aperçus l'agent de police Yann Crossenberg fumer sa clope devant la porte ouverte de la maison. Je connaissais assez bien Yann pour savoir que si son envie de nicotine le submergeait durant un meurtre, c'est que celui-ci devait être horrible !

Yann était mon meilleur ami. Nous étions arrivés au commissariat en même temps. Il venait d'un autre établissement de banlieue et moi, je n'étais qu'un novice en tant que lieutenant. C'est lui qui m'a débriefé sur le trente-six quais des Orfèvres ! Je ne connaissais que cette maison de réputation et j'étais ravi d'entrer à la BC (brigade criminelle). Yann avait les cheveux bruns qui formaient des boucles sur son cou, des yeux d'un bleu électrique qui transpercent le cœur de chaque jeune fille qu'il côtoie lorsqu'il les regarde amoureusement. Il était beau garçon et savait se montrer galant avec toutes les demoiselles. Même avec moi, qui n'étais pourtant pas une fille facile ! Je crois qu'il le fait exprès pour me faire enrager. Il sait très bien que j'ai horreur des compliments et des sorties intimes. C'est pour cela que j'étais toujours célibataire. Oh ! j'avais déjà eu des petits amis, oui… mais jamais plus de six mois. Je leur tapais sur les nerfs, paraît-il ! Yann se trouvait être patient avec moi. C'était le seul qui me supportait ! Lui… et Pacha.

Des agents de police entraient et sortaient de la maison, cherchant des indices. Dès que j'atteignis Yann, il jeta sa clope par terre et l'écrasa. Il redressa son torse musclé et me fit face.

— Déjà debout, Lali !

Lali était le surnom que me donnait Yann. En fait, je me nomme Lauréliane Massenet. Lieutenant Lauréliane Massenet !

— Ouais ! J'ai à peine dormi. Qu'est-ce qu'il y a là-dedans ? demandai-je en montrant la maison d'un signe de tête.

Yann me fit signe d'entrer.

— Entre et regarde ma belle !

Yann était le seul policier dont j'acceptais des surnoms. Pour les autres, c'était lieutenant Massenet ou lieutenant Lauréliane ! J'entrai dans le couloir de la maison. Ça sentait déjà l'horreur ! Le goût du sang montait dans mes narines. Un policier me salua. Il était vêtu d'une combinaison blanche en plastique ainsi que des chaussons en papier sur ses rangers. Il portait une valise. Sûrement le légiste ! Yann était derrière moi et me suivait jusqu'à l'étage. Sur le palier, deux policiers regardaient la pièce avec écœurement. Une jeune femme flic se trouvait le dos contre un mur, son visage enfoui dans ses mains. D'après ses cheveux blonds tirés en arrière par une queue de cheval et sa fine silhouette sous son uniforme, je reconnus Cathie Mahieu. Une jeune femme de mon unité. Je la rejoignis avant d'entrer dans la chambre. Elle me regarda dès que je me postai devant elle. Son visage était blême, presque translucide. Elle croisa ses bras sous sa poitrine et s'étreignit, comme si le fait de se bercer elle-même pouvait la réconforter. Je ne la pris pas dans mes bras, je ne la soutins pas. Je suis lieutenant et dans mon grade, je ne devais pas m'apitoyer sur le sort de mes amis ou des gens qui ont perdu quelqu'un et qui me demandent de trouver le meurtrier, parfois le violeur. Rassurez-vous, je ne suis pas insensible ni froide, malgré ce que pense le commissariat de moi, surtout les hommes ! Mais en tant que femme et lieutenant de surcroît, je dois rester forte et me montrer impartial. Telle est la loi des requins dans cet univers composé exceptionnellement de la gent masculine ! Cathie avait les larmes aux yeux.

— Je ne m'y ferais jamais, susurra-t-elle d'une voix enrouée.

— Reprends-toi Cathie et va gerber dehors ! Cela te soulagera, ordonnai-je sans sourciller.

Cathie courut vers l'escalier tout en bousculant Yann légèrement d'un coup d'épaule. Celui-ci la regarda défiler les marches puis reporta son attention sur moi.

— Toujours aussi tendre ! me lança-t-il amèrement.

Je haussai les épaules tout en le fixant dans les yeux.

— Quoi ? Si elle ne supporte pas ce travail, elle ne fera pas carrière.

Yann remua la tête de gauche à droite tout en soupirant. Il s'approcha de moi, un peu trop près à mon goût, mais assez loin pour ne pas me gêner.

— Tu es la plus dure des femmes que je connais, susurra-t-il pour que les policiers qui étaient postés sur le seuil de la porte n'entendent pas.

— Je sais, affirmai-je.

Il approcha son visage du mien, cela ne me plaisait pas. La dernière fois qu'il avait fait cela, tout était parti en vrille.

— Pourtant, tu as su me réconforter lorsque j'en ai eu besoin, soupira-t-il au-dessus de mon visage.

Ah ! Oui. J'ai omis de vous dire que Yann et moi avions eu une brève liaison qui n'a duré qu'une nuit. Mais putain ! Quelle nuit ! Je m'en souviens encore comme si cela était hier. Mais c'était il y a deux mois et j'y ai mis un terme dès le lendemain. Je ne sais pas comment Yann l'a pris, mais moi, j'étais très mal… Depuis, je fais comme si rien ne s'était passé. Mais croyez-moi, c'est très difficile. Surtout lorsque l'homme en question se tient à côté de vous tous les jours et que vous n'êtes pas sûre de ne pas ressentir quelque chose pour lui.

Maintenant, vous comprenez pourquoi je ne réprimande pas Yann lorsqu'il me donne des surnoms, tant que ceux-ci ne représentent pas un animal de basse-cour, cela me va !

Je tournai mon visage vers l'entrée de la chambre et pris une profonde inspiration.

— Bon ! Allons voir ce qu'il y a là-dedans, lançai-je.

Les deux policiers s'écartèrent dès que nous fûmes à leur hauteur et je posai un pied sur le seuil de la chambre. J'écarquillai les yeux et je reteins ma respiration. Le mur blanc était taché de sang séché, les draps maculés de taches rouges, la moquette beige souillée par des traînées d'hémoglobine. Je m'approchai du corps allongé au sol. Yann me tendit des gants en latex que j'enfilai aussitôt sur mes mains. Je m'accroupis en restant en position assise devant la femme allongée sur la moquette. Elle était positionnée sur le ventre et nue. Je posai mes doigts sur les plaies faites par un couteau.

— On sait qui c'est ? demandai-je.

C'est l'officier Samuel Sanchez qui me répondit.

— Hélène Durand, vingt-cinq ans. Elle vivait seule avec son chat et n'avait pas de petit ami, à notre connaissance.

Je retournai le corps doucement sur le dos. La femme était brune et à part son corps, son visage était intact. Elle était toujours maquillée. Bizarre !

— Il y a eu effraction ? demandai-je.

— Non, lança Sanchez.

Je posai mes yeux sur lui. Sanchez faisait partie de mon équipe. Il était de type espagnol, des cheveux noirs très courts, des yeux couleur amande et un charisme de rugbyman. Il faisait de la muscu trois fois par semaine. Je connais un peu toute la vie de mes coéquipiers, c'est moi qui les ai choisis d'après leur dossier ! Sauf Yann.

Je reportai mon regard sur la femme morte.

— S'il n'y a pas eu effraction, c'est que la victime connaissait le meurtrier, soupirai-je pour moi-même... Je me redressai... Qu'a dit le médecin légiste ? demandai-je en me tournant vers Sanchez.

— Les premières plaies n'étaient pas profondes. Puis le criminel s'est acharné sur elle, laissant cette jeune femme se vider de son sang sur le lit. Elle a dû tomber au sol toute seule et ramper sur la moquette... Il montra le téléphone portable posé sur la commode... Elle voulait aller jusque-là ! Le criminel était toujours présent, car d'après le légiste, les dernières blessures infligées se trouvent au niveau de ses parties génitales et ont été portées une fois que celle-ci se trouvait à terre.

Je le regardai, intriguée en fronçant les sourcils.

— A-t-elle été violée ?

Sanchez écarquilla les yeux en se pinçant les lèvres.

— Cela aurait été peut-être préférable ! Mais non, le meurtrier lui a lacéré les parties génitales.

Je pris une profonde inspiration en regardant le corps.

— Est-ce qu'elle était déjà morte ?

— Non, souffla Sanchez doucement. C'est pour ça que j'ai dit qu'il aurait mieux valu qu'elle soit violée.

Merde ! Je bifurquai à droite et regardai la pièce. Un lit, deux tables de chevet, une commode et une armoire.

— Quelqu'un a-t-il déjà fouillé les meubles ? lançai-je.

— Ceux d'en bas ont été déjà passés au peigne fin ainsi que ceux de la salle de bain, il ne reste que les meubles de la chambre. Le bureau est en ce moment rempli de policiers ! me répondit Yann.

Je sortis de la chambre et il me suivit. Je me rendis au rez-de-chaussée et visitai toutes les pièces. Quelque chose me chagrinait. Des photos étaient posées sur le rebord en bois de la cheminée. La femme brune était photographiée, souriante et portant son chat tigré dans ses bras. Puis un cadre attira particulièrement mon attention. Deux adultes, un homme et une femme se trouvaient sur la photo, tenant chacun la main d'une petite fille brune riant aux éclats devant un énorme sapin de Noël. D'après leurs vêtements, cette photographie devait dater des années quatre-vingt-dix. Yann était derrière moi, je tournai mon visage vers lui.

— Est-ce qu'on a contacté sa famille ?

— Pas encore, me souffla-t-il. Mais nous savons déjà qu'elle était orpheline et avait vécu chez une famille d'accueil jusqu'à sa majorité.

— Que faisait-elle comme métier ? interrogeai-je.

— Elle faisait des études de droit et en était à sa dernière année de fac. Elle voulait devenir avocate, je crois.

Puis mon regard se porta sur la photo avec le matou.

— Où est le chat ? m'étonnai-je.

Yann haussa les épaules.

— Je ne sais pas. Sûrement sorti !

— Il faut retrouver ce chat ! ordonnai-je.

Yann soupira et sortit de la maison. C'était le seul homme de la brigade qui me tenait tête. Et moi, je tenais tête à mon supérieur, le capitaine Renault Pelletier, qui lui, devait supporter les remontrances du commandant Dennelieu à chaque bourde que je faisais ou que l'un de mes officiers faisait. Nous étions une bonne équipe et cela, ils le savaient tous les deux. Parfois, je les entendais parler de moi dans le bureau du capitaine, et cela se finissait toujours par une engueulade ! J'ai déjà été mise à pied, une fois. J'avais confondu, blesser et tuer. Mais comme la victime était un malfrat recherché, il n'y a pas eu de suite à mon dossier. Pelletier disait que j'étais une sacrée bonne femme de lieutenant ! Le compliment me touchait droit au cœur. Mais il se mettait toujours en rogne contre moi. Pourquoi ? Allez savoir !

.2.

Tous les policiers que j'avais réquisitionnés finirent dans les buissons et sur le toit, ainsi qu'à quatre pattes sous les meubles à chercher « gros minet ». Moi, je cherchais des indices dans le salon, au cas où quelqu'un serait passé à côté de quelque chose. Yann était avec moi. Il ne cherchait pas vraiment, il était posté près de la porte-fenêtre, regardant l'extérieur, sourcils froncés, sa main caressant le début de barbe sur son menton. Je savais qu'il réfléchissait et qu'il s'inquiétait. Je me postai près de lui et regardais aussi l'extérieur.

— Qu'est-ce qu'il y a ? lui demandai-je, perplexe.

Il cessa de caresser son menton et tourna son visage vers moi.

— Tu ne trouves pas cela étrange, me demanda-t-il. Cette femme vit seule avec son chat. Elle faisait des études de droit donc aurait eu un métier dans la justice et avait de longs cheveux bruns.

Je pris un air dubitatif.

— Non, pas vraiment. Pourquoi ? soupirai-je.

Il me lança un regard inquiétant.

— Je connais une autre femme de ce même genre qui est toujours vivante !

Je hoquetai d'étonnement.

— Moi ? Premièrement, je ne suis pas brune, mais châtain et j'ai les yeux verts. Elle avait les yeux bleus, d'après les photos.

— Oui, et était jolie. Elle mesurait environ un mètre soixante-cinq et pesait à peu près cinquante-quatre kilos, comme toi !

Je haussai les épaules et grimaçai.

— Ça ne veut rien dire Yann, soupirai-je.

Puis la voix de Cathie nous fit nous retourner en même temps. Elle portait dans ses bras un chat tigré gris avec un collier vert. Elle nous adressa un sourire en caressant l'animal.

— Il était dans la buanderie. Quelqu'un a dû l'enfermer là-dedans !

Je m'approchai du chat et le pris des bras de Cathie. L'animal était docile et ronronnait. Je le contemplais. Il n'avait pas de sang sur lui.

— Ouais ! On dirait bien ! affirmai-je. Et je pense que c'est le tueur... Cathie me dévisagea étonnamment... Si c'était un policier qui l'avait enfermé par mégarde, la fourrure du chat aurait des traces de sang et on aurait retrouvé certainement ses empreintes de pas sur la moquette. Un animal est toujours fidèle à son maître et ce matou aurait certainement rejoint sa maîtresse dans la chambre une fois l'inconnu sorti, affirmai-je par simple connaissance de cause.

Yann caressa le cou de l'animal et enfouit ses doigts sous le collier. Il en dégagea un morceau de papier replié. Je le contemplais.

— Qu'est-ce que c'est ?

— Je ne sais pas, Lali. J'ai senti le morceau de papier lorsque j'ai caressé le chat.

Il me le présenta. Je lui donnai le chat et je pris le morceau de papier entre mes doigts encore recouverts du latex et le dépliai.

« Et de trois, être à côté de toi »

Je ne comprenais pas ce que cela disait, mais une chose était sûre, cela était son troisième meurtre ! Je fixai les yeux bleus de Yann et lui montrai le papier déplié. Il le lut.

— Bon sang ! me souffla celui-ci.

Je ne lui répondis pas et caressais l'animal qui ronronnait dans ses bras. Quelque chose me traversa l'esprit.

— Il faut faire des recherches et savoir où ont été commis les deux premiers meurtres ! Recherchez des affaires similaires commises ailleurs qu'à Paris... Je posai mes yeux sur Yann... Et voir à quoi ressemblaient les précédentes victimes.

Yann posa sa main sous mon menton et me releva le visage.

— Promets-moi de faire attention, susurra-t-il.

Cathie était encore dans la pièce, elle nous contemplait, perplexe. Personne n'était au courant de la courte relation que Yann et moi avions entretenue. Sauf mon supérieur, le capitaine Pelletier. Celui-ci ne m'avait rien reproché et m'avait juste fait comprendre que temps que j'étais dans cette brigade, je ne devais pas entretenir de relations sérieuses avec l'un de mes sous-officiers. Et je fus d'accord avec lui. Nous laissâmes l'ambulance emmener le corps de la femme et nous sortîmes de la maison. Les journalistes étaient sur place à présent. Ils filmaient et prenaient des photos du corps de la femme qui reposait sur un brancard, emballé dans un sac bleu. Leurs questions fusèrent dans tous les sens et ils sautèrent sur le premier policier venu. Je devais les calmer en leur parlant, c'était aussi mon rôle ! Je m'approchai du ruban jaune et restai derrière celui-ci, face aux journalistes. Les questions jaillirent, mais je n'y répondis pas précisément. Je devais juste dire l'essentiel ! Je répétai le texte que l'on apprenait dans ces cas-là.

— Une femme a été tuée. Il s'agit d'un meurtre. Nous ferons notre possible pour appréhender le meurtrier.

Une journaliste m'interpella en bousculant son collègue. Elle pointa son micro devant mon nez.

— Vous pensez que c'est un meurtrier en série, lieutenant Massenet ? Deux femmes dans les environs de Paris vivant seules avec leur chat ont été tuées ainsi. Avez-vous un avis là-dessus ?

Je regardai la journaliste, hébétée. Comment savait-elle que deux autres meurtres de même style avaient été commis ailleurs, lorsque la brigade criminelle n'était même pas au courant ? Putain ! Je relevais le nom sur son badge et la chaîne à laquelle elle appartenait.

— Sans commentaire, répondis-je simplement.

Je devais lui poser des questions, mais pas maintenant ! Je la contacterai dès que je rentrerai à la brigade. Je m'éloignai des journalistes et me rendis vers ma Clio. Je pris les clés dans ma poche et ouvris la portière. Ma voiture n'avait pas d'ouverture centralisée ! Je me positionnai au volant et attendis mon coéquipier. Yann arriva peu après, il s'assit sur le siège passager et je démarrais la voiture. Il ne disait rien, se contentant de fermer les yeux et de poser sa tête sur l'appui du siège. Je baissai légèrement le son de la radio.

— Une journaliste m'a demandé si notre affaire avait une similitude avec deux autres meurtres commis hors de notre juridiction.

Yann écarquilla les yeux et me regarda.

— Comment ? On n'est pas encore au courant !

— Je sais, soupirai-je en tenant le volant des deux mains. Je dois téléphoner à cette journaliste !

Yann changea de sujet.

— Tu sais, tu pourrais demander une voiture de service, me dit-il en regardant l'intérieur de la Clio.

— J'aime ma voiture, lui lançai-je en souriant. Et si je la beigne, je ne rendrai de compte à personne !

Je contournai le rond-point et tournai à droite pour éviter le bouchon qui se présentait devant nous. Cela me rallongea le nombre de kilomètres que j'avais à parcourir jusqu'au quai des Orfèvres, mais je n'avais qu'une chose en tête, parler à cette femme du Mégalopolis. Je roulai un peu plus vite et grillai quelques feux rouges. Yann grogna à côté de moi. Il n'aimait pas que je ne respecte pas le Code de la route. Mais bon, lorsqu'on est dans la police, quelques infractions peuvent sauver des vies !

Arrivez au quai des Orfèvres, je me précipitai dans mon bureau et me jetai sur le téléphone. Lorsqu'il s'agissait de mon travail, j'essayais toujours de donner mes coups de fil sur l'appareil qui m'était dû à la brigade. Je composai le numéro du journal auquel appartenait la journaliste et tombais sur une secrétaire.

— *Journal Mégalopolis, Séverine, à votre service, me lança-t-elle gaiement à l'appareil.*

— Bonjour, je me nomme lieutenant Massenet, je fais partie de la police criminelle. Je voudrais parler à mademoiselle De Rivière s'il vous plaît.

— *Ne quittez pas, je vous mets en ligne tout de suite.*

J'attendis plusieurs minutes avec une musique somnolente et légèrement énervante au bout du combiné. C'est lorsque je voulus raccrocher que l'on me répondit.

— *Lieutenant Massenet ?*

— Bonjour, mademoiselle De Rivière. Je voudrais revenir sur la question que vous m'avez posée dernièrement.

— *À propos des autres meurtres ?*

— C'est cela, affirmai-je.

J'entendis la jeune femme prendre une profonde respiration à l'autre bout du fil.

— *Que voulez-vous savoir, lieutenant ?*

— Où se sont passés les deux autres meurtres ?

— *Votre brigade n'est-elle pas au courant ?* s'étonna mademoiselle De Rivière.

Je grimaçai amèrement.

— Non, nous n'avons pas eu vent de ces deux affaires. Toutes les brigades ne correspondent pas forcément ensemble !

— *Mais vous pouviez chercher parmi les brigades de Paris et ses environs, dans lesquelles des meurtres similaires ont été commis sans pour autant m'appeler,* estima mademoiselle De Rivière.

— C'est vrai, mais je ne voulais pas perdre mon temps à appeler tous les commissariats aux alentours de Paris alors que vous avez mes réponses !

Un silence se fit à l'autre bout du fil.

— *Vous savez que je ne vais pas vous donner l'information sans rien attendre en retour, lieutenant ?*

Je me pinçai les lèvres.

— Oui, je me doute, mademoiselle De Rivière. Que voulez-vous ?

— *Je voudrais vous interviewer dès que vous aurez bouclé cette enquête, lieutenant. Il paraît que cela est très dur de vous approcher, lieutenant, sans que vous montiez sur vos grands chevaux.*

— Je confirme ! affirmai-je. Mais j'accepte si cela peut faire avancer l'enquête. Seulement, vous attendrez la fin de celle-ci !

— *Oui, bien sûr, lieutenant. Alors, dirigez-vous sur le commissariat de Nanterre et de Bobigny.*

Je la remerciai comme il se devait et elle me donna une deuxième condition, elle voulait que son nom apparaisse sur l'enquête de police en expliquant qu'elle avait donné un grand service à notre brigade. Mon chef n'allait pas être content, mais j'acceptai.

Je me renseignai donc auprès des deux commissariats cités par la journaliste et on m'envoya par fax tous les détails des deux meurtres. J'étudiais les dossiers et les photos. Il y avait de nombreuses similitudes avec notre meurtre. Une femme brune ou châtain, avec de longs cheveux, vivant seule avec un chat, leur corps lacéré à coups de couteau ainsi que leurs parties génitales. Je regardai la copie des deux messages retrouvés sur les lieux du crime. Le premier mot disait « Et d'une, sans rancune », le second : « Et de deux, je dois être amoureux ». Je pris tous les documents avec moi et me dirigeais vers le bureau de mon supérieur. Une réunion s'imposait !

.3.

J'étais tranquillement assise dans mon fauteuil, dégustant une bonne glace en pot, regardant un film sur mon grand écran, Pacha sur mes genoux attendant que je finisse mon dessert pour pouvoir lécher l'intérieur du pot. J'étais rentrée très tard et avais commencé ma journée de bonne heure. J'étais exténuée ! Normal, vu mon état !

Nous n'avions rien appris de nouveau sur les meurtres. Pourtant, ce n'était pas faute de fouiner ! Je cherchais la moindre piste pouvant faire avancer l'enquête. Mais le meurtrier était minutieux. Nous étions allés à Nanterre et à Bobigny sur les lieux du crime. Le premier meurtre avait eu lieu il y a deux mois et le deuxième moins d'un mois. Notre meurtre avait été commis il y a une semaine. Nous avions parlé aux voisins des victimes et auditionné les éventuels suspects que nos confrères avaient déjà vus. Ceux-ci n'étaient pas très enthousiasmés à l'idée de nous voir dans leurs locaux, marcher sur leur plat de bande, mais mon supérieur avait su se montrer très persuasif et nous avions eu carte blanche. Sans résultat ! Il était vingt-trois heures quarante-cinq à ma montre lorsque mon portable sonna. Je regardai le numéro affiché sur l'écran. C'était Yann ! Je répondis.

— Oui Yann. Je te manque déjà ?

J'entendis un soupir ironique à l'autre bout du fil.

— Amène tes fesses dans le quatorzième, rue Froidevaux, nous avons notre quatrième victime !

Je me levai du fauteuil, laissant le pot à moitié plein sur la table basse.

— Putain de merde ! Laisse-moi le temps de m'habiller Yann et j'arrive.

— Tu es en nuisette satinée ? me demanda-t-il intimement.

Je fis la moue en me dirigeant vers ma chambre.

— Non ! Tu vois, un caleçon et un long tee-shirt me suffisent lorsque je suis seule avec Pacha.

— Tu pourrais ne plus être seule si tu le voulais, Lali, affirma Yann doucement.

Je pris mon uniforme dans l'armoire et commençai à m'habiller tout en coinçant mon portable entre mon oreille et mon épaule.

— Je ne suis pas facile à vivre, tu le sais bien, ajoutai-je avant de raccrocher.

Pourtant, Yann avait raison. Je pouvais ne plus être seule ! Et il voulait que je le choisisse. De toute façon, si je ne me décidais pas vite, dans peu de temps, nous serions bientôt trois dans mon petit appartement.

Une fois mon uniforme enfilé, mes cheveux remontés en queue de cheval, je passai mon holster d'épaule en vérifiant que mon Sig sauer avait son cran de sécurité enclenché et je sortis de mon appartement en refermant la porte à double tour. Je montai dans ma Clio et roulais jusqu'au quatorzième arrondissement.

Je me garai derrière la voiture de service de la brigade et descendis de la mienne. Un attroupement de policiers se tenait devant un immeuble, donc, j'en conclus que le meurtre avait eu lieu ici. Je m'avançai vers la bâtisse, je montrai ma carte de service à l'entrée et un policier me dirigea vers le deuxième étage. Je montai l'escalier et rejoignis Yann qui se tenait devant une porte d'appartement ouverte.

— Qu'est-ce qu'on a ? lui demandai-je en soupirant.

Il posa ses yeux sur les miens.

— Comme d'habitude ! Une jeune femme vivant seule avec son chat. Brune, cheveux longs, svelte. Très jolie.

Je grimaçai.

— Le chat, est-il toujours dans l'appart ? demandai-je.

— Ouais. Une belle chatte rousse... Il me fit un clin d'œil amusé, mais son humour ne me plaisait pas ce soir... Cathie le surveille, ajouta-t-il sérieusement.

Puis Yann me demanda de le suivre et on se rendit directement dans la chambre. Le sang de la victime recouvrait les murs et maculait les draps du lit. La femme était allongée sur le dos, dévêtue. Son corps mutilé à coups de couteau ainsi que ses parties génitales. Celle-ci n'avait pas rampé au sol, comme la précédente. Je mis des gants en latex et l'examinai.

— Quelqu'un a trouvé le morceau de papier ? interrogeai-je.

Yann me tendit une petite pochette en plastique.

— Coincé dans le collier du chat, comme le précédent !

Je pris le sachet dans mes mains. Le morceau de papier tâché de sang était à l'intérieur. Je le lus : « Et de quatre, mon cœur se met à battre ». Encore des vers ! Je les ressassais dans ma tête.

« Et d'une, sans rancune

Et de deux, je dois être amoureux

Et de trois, être à côté de toi

Et de quatre, mon cœur se met à battre. »

Si l'on ôte le début des vers, on obtient :

« Sans rancune, je dois être amoureux. Être à côté de toi, mon cœur se met à battre. »

Je ne comprenais pas trop ce que cela voulait dire, mais si ces messages sont destinés à une femme, le tueur la connaissait ! C'est peut-être pour cela que les victimes se ressemblent. Mon Dieu ! Qu'avait fait de si horrible celle-ci pour que cet homme se déchaîne sur ces femmes ? Je le saurai que lorsque j'aurai trouvé l'assassin, malheureusement. Je devais chercher dans mon entourage.

— Où était enfermé le chat ? soufflai-je en regardant Yann.

Il me regarda, l'air surpris.

— Dans le placard à balais qui se trouve dans l'entrée !

Je n'attendis pas qu'il me demande pourquoi je voulais savoir où était l'animal et me dirigeai vers le vestibule. J'ouvris la porte glissante du placard, j'allumai la lampe et m'accroupis. Je regardai le sol, examinai les coins de la porte tout en passant mes doigts gantés sur le bois, levai mes yeux vers les étagères. Je voulais vraiment trouver quelque chose ! Ce serait si bien de ne pas être bredouille pour une fois. Et j'étais sûre que le meurtrier finirait par commettre une erreur. Quelque chose attira mon attention sur le sol. Cela mesurait un centimètre environ. C'était noir et pas très voyant. Cela m'étonnait que personne n'ait vu ce bouton. Je le ramassai du bout des doigts et le plaçai dans un petit sachet en plastique. Il pouvait aussi provenir d'un vêtement de la femme. Mais en le contemplant à la lumière, ce bouton-là n'avait rien de féminin ! J'ordonnai quand même que l'on fouille les armoires de la victime et examine chaque vêtement. Cela dura un long moment, mais, comme je le pressentais, ce bouton n'appartenait pas à la victime. Le tueur avait dû le perdre. Je devais le faire examiner ! Yann me disait que cela ne servirait peut-être pas à grand-chose, car ce bouton pouvait provenir d'un vêtement des amants de la jeune femme. Mais si celle-ci résonnait comme je le faisais, elle ne laissait jamais d'homme envahir son chez-soi avec ses fringues. C'est ce que je fais ! On interrogea le voisinage, mais comme d'habitude, personne n'avait rien entendu. L'ambulance emmena le corps et nous scellâmes l'appartement. Le chat fut apporté dans un refuge.

.4.

Je reçus les résultats du laboratoire deux jours après. Le bouton était en plastique et provenait d'un tissu polyester. Un manteau long. Un trench ou un caban. Des morceaux de fil avaient été retrouvés, ils étaient noirs. J'en conclus que le vêtement devait être noir ou gris foncé. Donc, j'étais bredouille. C'était comme chercher une aiguille dans une meule de foin !

J'avais le nez plongé de nouveau dans le dossier lorsqu'on sonna à ma porte. Je n'attendais personne ! Pacha se leva de mes genoux et je me dirigeai vers la porte d'entrée, laissant les papiers éparpillés sur mon bureau. Je pris mon arme qui était posée sur le meuble et ôta le cran d'arrêt. Je tins la gâchette entre mes doigts et me plaquai contre le mur, près de ma porte d'entrée.

— Qui est-ce ? lançai-je haut et fort pour que celui ou celle qui était derrière la porte me comprenne bien.

— C'est moi… Yann !, souffla celui-ci à travers le bois.

Je soupirai. Je remis le cran de sécurité à mon Sig sauer et le reposai sur le meuble de téléphone. J'ouvris ma porte en laissant la chaînette que j'avais placée en arrivant dans l'appartement pour plus de sécurité. Les yeux bleus de mon ami me fixèrent curieusement. Il fronçait les sourcils.

— Tu croyais que je venais te tuer ? ironisa-t-il.

J'ôtai la chaînette de son encoche.

— Sait-on jamais !, lui soufflai-je tout en ouvrant la porte.

Il entra et je refermai derrière lui. Il se dirigea seul vers le salon et regarda mon bureau. Il feuilleta les papiers éparpillés sur le meuble. Il se contenta de sourire. Puis il vint s'assoir sur le canapé en me regardant.

— Très joli !, me lança-t-il en me montrant l'ensemble shorty et top noir que je portais. C'est nouveau ? Du satin ? J'adore !, ajouta-t-il en posant ses bras sur le dossier du canapé.

Je me regardai, mes cheveux ondulant sur mes épaules.

— Non, c'est juste du polyester !, affirmai-je. (Je reportai mon attention sur lui) Tu veux quelque chose à boire ? lui demandai-je.

Pacha grimpa sur le canapé en miaulant. Yann l'attrapa délicatement avec ses mains et le positionna sur ses genoux. Il le caressa.

— Je veux bien, merci. Une bière si tu as ?

Je souris.

— Tu sais très bien que j'en ai ! (Je me dirigeai vers mon coin-cuisine tout en parlant avec Yann) Que me vaut cette visite inattendue ? lui lançai-je.

— N'ai-je pas le droit de te voir en dehors de nos heures de travail ?

J'ouvris le réfrigérateur et en sortis une bouteille de bière brune.

— Si, mais tu m'appelles toujours avant. Je suis un peu surprise, c'est tout.

Yann changea de sujet.

— Tu as eu les résultats à propos du bouton ?

J'ouvris la bouteille.

— Oui. Un simple bouton en plastique provenant d'un caban ou d'un trench noir d'homme.

Je revins vers Yann et lui tendis la bière. Il la prit dans sa main en me souriant.

— Et, d'après les feuilles sur ton bureau, tu cherches des indices précis ?

Je m'assis à côté de lui.

— Ouais ! Je crois que celui qui écrit ces messages en veut beaucoup à une femme qui ressemble à nos victimes.

Yann but une gorgée de sa bière.

— Qu'est-ce que cette femme a pu faire à cet homme pour qu'il fasse ces choses horribles à celles qui lui ressemblent ?

— Je ne le sais pas, Yann, soupirai-je (je posai ma main sur Pacha et caressai sa fourrure blanche), mais je trouverais !, ajoutai-je.

Yann but de nouveau une gorgée de sa bière tout en regardant la table basse. Puis il posa sa bouteille sur le verre de celle-ci et prit un magazine posé sur la tablette en dessous. Il écarquilla les yeux.

— « Les inconvénients et les joies d'une grossesse » ! lut-il. Qu'est-ce que ce magazine fait chez toi ?

Je lançai un regard noir à Yann en haussant les épaules.

— Tu sais très bien que je ne trie pas tous les magazines que je reçois dans ma boîte aux lettres, Yann... Je me levai du canapé... Est-ce que je te fais des remarques sur ce que tu lis lorsque tu es à ton bureau, au poste ? rageai-je.

Je voulus m'éloigner du canapé, mais Yann m'agrippa la main et me fit de nouveau assoir près de lui.

— C'est bon ma puce, tu peux lire ce que tu veux.

Pacha descendit des genoux de Yann pour nous laisser la place sur le divan. Yann approcha son visage du mien et me caressa la joue. Sa bouche se retrouva au-dessus de la mienne. Son autre main se posa derrière ma nuque et il approcha ses lèvres des miennes. Je fermai les yeux. Je ne pus me retenir de l'embrasser. Yann passa ses mains sous mon top et le souleva pour me caresser les seins avec sa main droite tandis que l'autre glissa lentement entre mes cuisses. Je stoppai la main de Yann et ôtai mes lèvres des siennes.

— Je suis exténuée, Yann, tu devrais partir, soupirai-je.

En fait, ce n'était pas vrai, mais je n'avais pas envie de me sentir de nouveau mal à l'aise demain matin lorsque je verrai mon ami au commissariat. C'était déjà très difficile pour moi de travailler avec lui ! Yann me regarda sévèrement. Il était vexé. Il se leva doucement du canapé en soupirant.

— Tu finiras ta vie seule, Lauréliane !, dit-il simplement en me regardant.

Je n'avais pas remarqué jusque-là qu'il portait un manteau long. Un trench noir ! Machinalement, je contemplai les boutons. Yann, voyant que je ne disais rien, s'écarta du divan et se dirigea vers ma porte d'entrée.

— Fais attention à ce que ton seul ami ne s'éloigne pas de toi !, me lança-t-il en ouvrant la porte.

Puis il disparut de mon appartement. Je restais assise sur mon canapé, réfléchissant au nombre de boutons noirs cousus sur le raglan de Yann. Combien en avais-je compté déjà ? Et combien devait-il y en avoir sur un manteau ? Je posai mes yeux sur la bouteille de bière que mon ami n'avait pas fini de boire. Je me levai du canapé et pris la canette dans ma main. Je la vidai dans le lavabo.

.6.

Une sonnerie horrible retentit à mon oreille. J'ouvris un œil, puis l'autre. Je regardai mon radio-réveil. Il était deux heures trente du matin. Je n'avais dormi que trois heures ! Le bruit venait de mon téléphone portable, ma musique retentissait dans la pièce. Je tâtonnai ma table de nuit à la recherche de mon mobile. Pacha était allongé à côté de moi. Il s'étira lorsque je me redressai pour prendre le téléphone. Je regardai mon écran, le coup de fil venait de mon patron ! Je décrochai.

— Capitaine ? dis-je d'une voix rauque.

— *Excuse-moi de te réveiller Lauréliane, mais il y a eu un autre meurtre.*

Je m'assis sur le lit, surprise.

— Déjà ? Cela fait à peine deux jours que l'autre meurtre a eu lieu !

— *On dirait que notre meurtrier y a pris goût à présent.*

— Je m'habille et je viens tout de suite ! Où est-ce capitaine ?

— *En fait, tu peux venir à pied Lauréliane. Cela s'est passé près de chez toi, rue Pastourelle, au dix.*

Je posai ma main sur mon front. J'étais abasourdie. Je raccrochai et sautai hors de mon lit. Je m'habillai très vite et sortis de mon appartement. J'attachai mes cheveux en queue de cheval tout en descendant les escaliers quatre à quatre. Je m'étais aspergé d'eau le visage pour me réveiller, mais putain, il m'aurait bien fallu une bonne tasse de café ! Je courus jusqu'à la rue d'à côté. Je saluai les policiers qui se tenaient devant la maison mitoyenne et entrai. Je tombai sur Sanchez dans le hall d'entrée. Il cherchait des indices dans les tiroirs du meuble à chaussures. Il se tourna vers moi lorsqu'il me vit.

— Lieutenant ! me salua-t-il. Le capitaine t'attend dans la chambre... Il m'indiqua la pièce du doigt... Je te conseille de mettre des gants juste avant d'entrer, ajouta-t-il.

Je regardai les gants en latex qu'il me tendait et les positionnai sur mes mains. Je jetai un œil autour de moi. D'habitude, Yann est toujours visible !

— Est-ce que Yann est avec Pelletier ? demandai-je à Sanchez.

— Non, me souffla celui-ci tout en continuant de fouiller dans les tiroirs. Nous avons essayé de le joindre, sans succès. On tombe sur sa messagerie !

Je grimaçai et sortis mon portable pour appeler Yann. Le téléphone de sa maison sonnait, mais personne ne répondit. J'essayai son mobile. Sans résultat. Je lui laissais un message.

— Putain Yann ! Qu'est-ce que tu fous ? On a un autre meurtre sur les bras en moins de trois jours. Ramène tes fesses au dix rue Pastourelle. Tout de suite ! Et je raccrochai.

C'était bizarre, Yann était toujours le premier sur les lieux d'un crime ! Je remis le téléphone dans ma poche et entrai dans la chambre. Beaucoup de sang, comme d'habitude. Les murs dégoulinaient de traînées rouges, de l'hémoglobine maculait le plancher en pin et les draps beiges du lit. La morte était allongée sur le ventre, nue. À première vue, elle avait reçu plusieurs coups de couteau sur le corps. Le capitaine Renault Pelletier se tenait près d'elle, dans un costume gris foncé et des chaussures vernies. Sur celles-ci se trouvaient des chaussons en polypropylène que l'on vous donne à l'hôpital pour recouvrir vos pieds. Il avait sûrement peur d'abimer ses mocassins ! Je me dirigeai vers lui en regardant la femme.

— Savez-vous qui c'est, capitaine ?

L'homme aux cheveux grisonnant me regarda.

— Pourquoi lorsqu'on te réveille au milieu de la nuit et que tu te presses à nos côtés sans maquillage et sans brushing, tu es toujours aussi belle, Lauréliane ? me lança-t-il en un rire amusé.

J'écarquillai les yeux et pris son compliment comme une plaisanterie.

— Je ne sais pas, capitaine. Peut-être que je suis tombée dans un chaudron de beauté lorsque j'étais bébé ! ironisai-je.

Mon supérieur rit et revint sur la femme morte.

— Elle s'appelle Marina François. Elle avait vingt-six ans et habitait seule apparemment, me souffla-t-il.

— Un chat ? interrogeai-je.

— Oui, un chat. Il est dans les bras de Cathie. Cette fille a un don avec les animaux... Il se pencha vers le corps et le retourna... Et ce n'est pas tout Lauréliane... Il me montra les parties génitales de la femme... il n'y a pas eu de coups de couteau à cet endroit cette fois.

— Parfait ! lançai-je. Notre meurtrier montre un peu de compassion.

— Je n'ai pas fini ! renchérit Pelletier. J'ai bien dit qu'il n'y a pas eu de coups de couteau, par contre, le légiste est formel, cette femme a été violée avant de mourir.

Je grimaçai.

— Voulez-vous dire que le meurtrier a asséné sa victime de coups de couteau en la violant ?

— Oui, affirma le capitaine. Et il ne l'a pas achevée cette fois. Elle s'est vidée de son sang sur le lit.

— Pourtant, il y a du sang partout. Comment est-ce possible, capitaine ?

Pelletier regarda la pièce.

— Les premiers coups de couteau ont été donnés lorsque la victime était debout. Elle a dû courir autour de la pièce pour échapper à son assaillant. Le sang au sol nous indique qu'elle a rampé jusqu'au lit et c'est là que le meurtrier l'a déshabillé et a profité d'elle le temps que ses premières plaies superficielles saignent abondamment. Et tout en la pénétrant, il lui infligea les autres blessures qui, cette fois, ne lui laissèrent aucune chance de s'en sortir. Nous pensons que le meurtrier a pris son pied en voyant cette jeune femme agoniser sous lui. Cela a dû lui procurer une grande jouissance.

Je remuais la tête de gauche à droite.

— Putain ! Quel malade ! Je regardai le capitaine... et je suppose que vous n'avez pas eu d'échantillon de sperme ?

— Non, souffla le capitaine amèrement. Le meurtrier n'est pas si fou que ça. Il a dû mettre un préservatif !

Je regardai la jeune femme morte. Elle avait de longs cheveux châtain clair et comme d'habitude, elle était très belle. Son visage était intact, comme toutes les autres victimes. Pelletier me tendit enfin ce que je comptais trouver, le morceau de papier dans un sachet en plastique. Je le lus.

« Et de cinq, de tes yeux mesquins »

Je ne comprenais toujours pas. Cela devait bien signifier quelque chose ! Nous restâmes sur place un moment à attendre l'ambulance et à interroger la vieille dame qui nous avait appelés. C'était la voisine de la victime et elle avait entendu du bruit dans la maison lorsqu'elle était passée près de la fenêtre pour rentrer chez elle. Je ne lui demandais pas ce que faisait une vieille dame dehors seule en pleine nuit, je ne voulais pas le savoir et ce n'était pas mon but. J'avais un assassin à trouver ! Le meurtre avait été commis une heure avant l'arrivée de la police. Donc en ce moment, le meurtrier devait soit rentrer chez lui pour se changer, soit errer dans les rues de Paris à la recherche d'une prochaine proie. Car ce n'était pas fini ! La victime fut emportée, le chat placé dans un refuge et la maison scellée. Yann n'était jamais venu et n'avait pas répondu à mon appel. Je décidai de prendre ma voiture et d'aller directement chez lui, dans son appart, boulevard Voltaire dans le onzième arrondissement. Celui-ci se situait dans une ancienne maison de maître retapée pour constituer quatre logements. Yann vivait dans un F2 au premier étage. Je me garai devant l'immeuble et descendis de ma voiture, fermant la portière à clé. Je regardai vers la fenêtre de sa cuisine. Il était trois heures quarante-cinq et la lumière était visible. Par chance, je n'eus pas besoin d'appuyer sur l'interphone, la porte était mal fermée. J'entrai dans le hall et pris soin de vérifier que le battant s'était bien refermé derrière moi. Je quittai le hall pour me diriger vers une autre porte vitrée qui menait aux appartements. Je l'ouvris et allai jusque devant le seuil du logement de mon ami. Je sonnai. J'attendis un moment avant que Yann vienne m'ouvrir, une serviette autour de la taille, cheveux humides et torse nu. Il me regarda avec étonnement.

— Lali ? Que se passe-t-il ?

Je me pinçai les lèvres.

— Nous t'avons appelé sur ton téléphone fixe et sur ton mobile, tu n'as jamais répondu ! Je m'inquiétais.

Yann ouvrit sa porte en grand pour me laisser entrer.

— Désolé, je… Il cherchait ses mots... j'étais occupé et j'ai coupé mon portable.

— Et ton fixe ? lançai-je en entrant dans le logement.

— Je n'étais pas chez moi ! affirma Yann en fermant sa porte d'entrée.

Il me demanda de m'assoir sur le canapé le temps qu'il aille mettre des vêtements. Puis il disparut derrière le seuil de sa chambre. Je contemplai un moment autour de moi. L'appart était parfaitement rangé ! Yann n'était pas du genre à laisser traîner ses affaires partout comme la plupart des hommes. Il était assez maniaque et minutieux. Puis je portai mon attention sur le portemanteau de l'entrée. Son trench noir y était pendu. Je me levai du canapé et me dirigeai vers le vêtement. Je le pris dans mes mains et regardai attentivement les boutons. Ils ressemblaient à celui que j'avais trouvé chez la victime. Et, en regardant attentivement, il y en manquait un sur le devant. Je sentis machinalement l'odeur du vêtement, il sentait encore le nettoyage. Une voix derrière moi me fit sursauter.

— Me soupçonnes-tu maintenant ?

Je me tournai vers Yann. Il avait enfilé un bas de jogging et un tee-shirt noir qui saillait sa musculature. Ses cheveux ondulaient dans son cou, formant des boucles symétriques. Je soupirai. C'est vrai, je le trouvais très beau ! Il me dévisageait d'un air sévère. Je reposai le manteau sur son crochet et contournai Yann pour venir m'assoir sur le canapé.

— Excuse-moi. Lorsque tu es venu chez moi, j'avais remarqué ton trench et tu sais très bien que je suis parano. Alors, comme le bouton venait d'un long manteau noir, je voulais vérifier le tien.

Yann se dirigeait vers le meuble bas de son salon.

— Et bien sûr, il manque un bouton ! Le même que celui que tu as trouvé sur les lieux du crime... Il prit quelque chose dans une soucoupe posée sur le meuble et se tourna vers moi... Tiens ! Comme tu peux voir, je ne sais pas coudre !

Je rattrapai l'objet qu'il m'envoya dans les paumes de mes mains. Je le contemplai. C'était un bouton noir, du même aspect que ceux de son trench. Je fus confuse. Mais comme je suis soupçonneuse de nature, n'importe qui pouvait être le coupable. Même mon propre patron ! Je regardai Yann.

— Je suis désolée, Yann. Je n'étais pas venue te tourmenter.

Yann secoua la tête de gauche à droite.

— Ne me prends pas pour un imbécile ! Je te connais très bien, Lauréliane. Tu me soupçonnais et tu voulais savoir si tu avais raison ! ragea-t-il... Il s'approcha de moi et pencha son visage vers le mien tout en positionnant ses mains de chaque côté de mes cuisses... Mon portable était coupé, car j'étais avec une fille ! affirma-t-il.

— Puis-je savoir son nom ? demandai-je simplement.

Yann se redressa. Il me montra la porte.

— Va-t'en, Lauréliane, gronda-t-il. Tu viendras chez moi lorsque je serai exclu de tes présumés coupables !

Je voulais rajouter quelque chose, mais cela n'aurait servi à rien. Car, me connaissant, nous aurions fini par nous crêper le chignon. Je me levai doucement du canapé et me dirigeai vers la porte. Je posai ma main sur la poignée et regardai Yann.

— Lorsque cette enquête sera finie, je voudrais te parler de quelque chose nous concernant tous les deux Yann, soupirai-je doucement.

— Sors de chez moi, Lali ! ordonna-t-il.

Je retournai à ma voiture, le cœur serré dans un étau. Pourquoi fallait-il que je gâche toujours tout ? Toute ma vie, je n'avais su me montrer aimante et gentille. Je tenais cela de mon père, ancien flic à la retraite, divorcé. Même ma mère disait que je deviendrais comme lui, seule et désagréable. Cela ne sera peut-être pas le cas ! Et elle en sera elle-même surprise lorsque je le lui annoncerai. Je regagnai mon appartement et me couchai enfin. Je devais me reposer.

.7.

Il était dix-neuf heures quarante-cinq lorsque je finis mon service ce soir-là. Yann ne m'avait pas adressé la parole depuis trois jours, se contentant de me fixer de son regard bleu. Il faisait équipe avec Cathie depuis notre prise de bec. Non que cela me dérange, mais je devais me taper Sanchez ! Et celui-ci sortait des vannes un peu grossières à mon goût. Mon chef était au courant de la liaison que nous avions entretenue, Yann et moi. Je ne le lui avais pas caché, en lui précisant que ce n'était qu'une passade. Et hier, je lui ai révélé pourquoi Yann m'évitait. Car, bien sûr, il l'avait remarqué ! Le capitaine Pelletier s'était contenté de me regarder en haussant les épaules. Il savait que si j'avais des doutes sur quelqu'un, ce n'était pas pour rien ! De mon côté, je fouillais toujours autour de moi, cherchant le moindre indice dans les dossiers de mes collègues. On ne sait jamais ! Je sais, ce n'est pas bien. Mais je suis très paranoïaque !

Je rejoignis ma voiture sur le parking et regagnai mon appartement. Je voulais une petite soirée tranquille aujourd'hui, en compagnie de mon gros chat blanc ! Mais cela faisait trois jours qu'il n'y avait eu aucun meurtre et je pariais que cela ne tarderait pas. L'assassin était trop gourmand ! Je saluai mes seuls voisins de mon étage lorsque j'arrivai dans le couloir. C'était un jeune couple de mariés, la trentaine. Ils étaient très bien habillés et se tenaient par la taille. Les soirs où ils ne travaillaient pas, ils en profitaient pour sortir en amoureux. Lui était aide-soignant, elle, sage-femme. Ils travaillaient dans le même hôpital et avaient les mêmes horaires de nuit. C'est pour cela que je ne les voyais jamais… ou rarement.

Lorsque j'entrai dans mon appartement, Pacha vint se frotter la tête contre ma botte.

— Je sais que tu as faim, Pacha ! Mais laisse-moi me déshabiller, soupirai-je.

J'ôtai ma veste d'uniforme, mon holster d'épaule que je posai sur le meuble d'entrée et mes bottes. Je me dirigeai vers le coin-cuisine et ouvris une boîte de nourriture pour chat que je vidai dans la gamelle en inox de Pacha. Dès que je la posai sur le sol, le matou courut vers celle-ci et ne se fit pas prier pour manger son contenu. Je le laissais à son repas et me dirigeai vers la salle de bain. J'ôtai le restant de mon uniforme, mes sous-vêtements, et j'entrai dans la douche. L'eau tiède coulant sur ma peau et mes cheveux me fit le plus grand bien. Je décidai de prendre mon temps. Je voulais me détendre. Puis je pris la serviette posée sur le chevalet et essuyai mes cheveux. J'enroulai celle-ci autour de moi et sortis de la douche. Je quittai la pièce et avançai jusqu'à ma chambre. J'ouvris mon armoire et pris un ensemble top, shorty en coton noir sur l'étagère du haut. Je les enfilai et essuyai de nouveau mes cheveux, assise sur mon lit. J'entendis un bruit venant de la cuisine. Pacha faisait encore des siennes ! Je me levai et posai ma serviette sur le lit. Je quittai ma chambre et me dirigeai vers la cuisine. La gamelle de Pacha était vide.

— Pacha ! Minou… Pst… Pacha…

D'habitude, il vient en miaulant dès que je l'appelle. Je regardai dans le salon. Je tournai autour de la table et des quatre chaises pour savoir s'il n'était pas installé sur l'une d'elles. Je m'accroupis au sol et décidai d'examiner le dessous des meubles. Le matou n'y était pas ! Il ne devait pas être bien loin, mon appartement n'était pas si grand et la porte d'entrée était fermée. Je regardai dans la salle de bain, puis dans les toilettes, ne sait-on jamais ! Toujours pas de Pacha. Je retournai dans ma chambre. C'était la seule pièce qui me restait à examiner.

— Pacha ! appelai-je.

Mais le matou ne répondit pas à mes appels. Je m'allongeai sur le sol et regardai sous le lit. Aucune masse blanche ! Un bruit derrière moi me fit sursauter. Je voulus me redresser très vite, mais des mains agrippèrent mes bras et je fus plaquée à plat ventre sur mon lit. J'essayais de voir qui me tenait ainsi en tordant mon cou derrière moi. Mais je ne réussis pas à distinguer mon assaillant. Des genoux retenaient mes jambes. Je ne pouvais plus bouger. J'essayai de me redresser en courbant mon dos. Un corps s'écroula sur le mien et me compressa la poitrine contre mon matelas. J'entendis une respiration au-dessus de mon oreille.

— Qui êtes-vous ? demandai-je sans paniquer. Que me voulez-vous ?

Puis je vis une lame de couteau devant mes yeux et la sentis ensuite glisser sur ma joue. Je cessai de respirer.

Putain ! Le meurtrier était chez moi. C'est pour cela que Pacha ne me répondait pas !

Comment était-il entré sans que je m'en rende compte ?

Je sentis la lame blanche glisser sous ma bretelle de top droite et le meurtrier la coupa d'un coup sec. Je devais me ressaisir ! Je poussai sur mes genoux et me tortillai sous le corps. Je ressentis une douleur dans mon biceps droit. Du liquide chaud coula sur ma peau. Je relevai ma tête rapidement en espérant que celle de mon assaillant soit au-dessus de la mienne. Le choc fut brutal, ma tête me lança, mais au moins, je pus heurter le visage de mon agresseur et je réussis à me glisser hors du lit en roulant sur les draps. Je ne cherchais pas à savoir qui c'était, je me précipitai à l'extérieur de ma chambre et courus vers l'entrée, là où était mon arme. Mais je fus rattrapée dans ma course par une main qui agrippa mon bras et valsai contre un mur de mon salon. Mon front heurta le papier peint et je tombai au sol, sur le dos. Je regardai mon bras droit. Mon biceps saignait. J'avais reçu un coup de couteau. Mon assaillant se tenait au-dessus de moi. Ma vue était trouble, à cause du coup reçu à la tête. Mais je voyais bien que son visage était caché. Il portait une cagoule ! Il disparut et je sentis des mains agripper les miennes et les lier entre elles. Puis je fus tirée en arrière vers ma chambre. J'essayai de me raccrocher au bas des meubles avec mes pieds. L'homme me donnait des coups de chaussures dans les jambes, ce qui me faisait lâcher prise à chaque fois ! Lorsque je me redressai sur mes jambes, une fois arrivé dans ma chambre pour essayer de m'enfuir, mon agresseur m'assaillit un coup de couteau dans la cuisse droite, je me pliai à genoux et je hurlai de douleur. J'étais devant mon lit et m'adossai à son pied. L'homme s'accroupit devant moi et attendit. Je ne voyais que ses yeux à travers la cagoule. Son regard bleu électrique me fixait. Il leva son couteau vers mon visage et posa sa lame sur mon cou. Il appuya doucement. Une légère entaille me fit frémir. Je grimaçai en fixant les yeux du meurtrier.

— Pourquoi faites-vous ça ? demandai-je.

Il ne me répondit pas. Le couteau glissa ainsi que les yeux de l'homme sur l'autre bretelle de mon top et il la coupa. De sa main libre, le meurtrier fit glisser mon haut sur ma peau, laissant ma poitrine nue apparaître devant ses yeux. Il passa la lame du couteau doucement sur mes seins en insistant sur mes mamelons. Je pris une profonde inspiration. Les battements de mon cœur s'accélérèrent. Ça y est, je paniquai !

L'homme posa sa main sur mon thorax et me força à m'allonger. J'avais les mains liées, une cuisse meurtrie qui s'engourdissait et un bras mal en point. OK ! J'étais hors service ! Comment allais-je pouvoir m'en sortir ?

L'homme passa la lame sur mon shorty. Il ne me restait que la parole.

— Que vous ai-je fait ? lui soufflai-je... L'homme passa sa lame sous un côté de mon shorty... Je voudrais savoir, avant de mourir, ajoutai-je.

Je sentais le tissu de mon sous-vêtement se déchirer. Le regard de l'homme se porta sur le mien. Je fixai ses yeux. Cette couleur ! Avais-je raison ? Mon shorty se retrouva en lambeau sur le sol. La lame de couteau glissa entre mes cuisses. Je hoquetai.

— Yann ! Pourquoi me fais-tu ça ? Que t'ai-je fait ? essayai-je, en espérant me tromper.

L'homme stoppa sa main qui tenait le couteau et posa son autre main sur sa cagoule. Il la souleva doucement.

Le visage de mon ami apparut devant mes yeux.

— Tu m'as détruit, Lali. Je t'aimais et tu m'as pris pour un imbécile.

— C'est pour ça que tu as tué toutes ces femmes, pour te venger de moi ? rageai-je.

Il soupira.

— Lorsque je les tuais, c'est toi que je tuais. À chaque fois, ton visage me hantait.

Je secouai la tête de gauche à droite, les yeux remplis de larmes.

— Alors, ces messages, c'était pour moi, n'est-ce pas ?

— Oui Lali, soupira-t-il. Tu as tout compris !

— Tu es malade, Yann ! Tu dois te faire soigner, hurlai-je.

Yann tendit le couteau vers mon visage et il ôta sa ceinture de jean de son autre main, puis ses boutons et il fit glisser son pantalon sur ses cuisses. Je réfléchissais à une issue, mais je n'envoyai aucune. J'allais mourir, ce soir ! À moins qu'il change d'avis si je lui dis. Il se pencha sur moi et écarta mes jambes.

— Non, Yann... Attends... La lame du couteau m'entailla le sein gauche... Je… Puis la lame vint se placer sur mon ventre... Non, pas là ! S'il te plaît, soufflai-je.

Il appuya le bout de la lame sur ma peau. Des larmes roulèrent sur mes joues. Yann pencha son visage au-dessus du mien.

— Tu vois, ma Lali. Je ne voulais pas en arriver là. Mais si je te laisse en vie, je continuerai à tuer des femmes, car c'est toi, et toi seule, qui me fais commettre ces meurtres !

— Pas du tout, Yann ! Tu continueras à tuer même si je meurs. Parce que tu es un psychopathe et que tu ne pourras pas t'arrêter, affirmai-je calmement en le regardant dans les yeux.

Yann baissa son caleçon.

— Je vais te baiser Lali et ensuite, tu agoniseras sous mes coups de couteau et je regarderai ton dernier souffle de vie s'enfuir de ton corps.

Je me débattis sous Yann, mais celui-ci me plaqua sur le sol avec son corps et il me donna un premier coup de reins. Je ne respirais plus, attendant le coup de grâce.

La porte de mon appartement sortit de ses gonds. Yann venait et entrait en moi fortement. C'est lorsque son bras leva le couteau en l'air pour me meurtrir le corps tout en me violant que deux coups de feu retentirent dans ma chambre. Je vis les yeux de Yann se révulser, je sentis son corps tressaillir et celui-ci s'affaissa sur moi, inerte. Mes mains étaient liées, je ne pouvais pas ôter la masse lourde sur mon corps. Je me glissai sur le sol pour essayer de me défaire du poids mort. Quelqu'un poussa de son pied le corps de Yann sur le côté. Je me redressai en m'asseyant sur mes fesses. Le capitaine Pelletier se tenait à côté de moi. Sanchez et Cathie restaient sur le seuil de la porte de la chambre. Je fixai les yeux gris de mon sauveur.

— Comment avez-vous su ? lui demandai-je.
Pelletier s'assit à côté de moi.

— J'ai étudié les dossiers de ton équipe. J'ai approfondi mes recherches et j'ai trouvé des antécédents sur Yann. En fait, son vrai nom était Yannaël Bohringer. Il en a changé avant d'entrer dans la police. Lorsqu'il avait quinze ans, il a violé sa voisine et lui a asséné trente coups de couteau de cuisine. La femme s'en est sortie, dans un sale état bien sûr, et Yann a fait un séjour en hôpital psychiatrique. Il en est sorti à vingt ans et s'est dirigé vers la police, sous une fausse identité et une vie tout inventée. La brigade criminelle n'y a vu que du feu. Il était très doué !
Je soupirai, lasse et anéantie.

— Ouais ! Très doué, susurrai-je. Mais comment saviez-vous qu'il était chez moi ?

— Simple intuition, Lauréliane. Je pressentais quelque chose et lorsque j'ai vu la voiture de Yann en bas de chez toi, j'ai compris.

Le capitaine regarda mon bras et ma cuisse. Il me fit des garrots avec ce qui lui tombait sous la main. Sanchez ramassa le couteau de Yann par terre à l'aide d'un mouchoir et le fit glisser dans un sachet en plastique. Il regarda le corps de Yann un moment. Le capitaine en fit autant.

— Tu le lui as dit ? m'interrogea-t-il.

Je regardai aussi mon ami mort.

— J'ai failli, mais je n'en ai pas eu le temps. De toute façon, psychopathe comme il était, je crois que cela n'aurait rien changé !

— Tu vas le garder ?

Pelletier me fit tourner légèrement et ôta les liens de mes mains.

— Vous savez, je crois que j'ai besoin d'un peu de bonheur dans ma vie, capitaine.

Je me relevai doucement et pris la serviette sur mon lit. Je l'enroulai autour de moi. Mon bras et ma cuisse étaient endoloris. Mes autres blessures superficielles me tiraillaient. Je m'assis sur les draps en grimaçant. Je posai une main sur mon crâne. Celui-ci allait exploser. Le capitaine se leva à son tour et regarda Sanchez.

— Appelle une ambulance, Sanchez !

Le jeune homme s'exécuta et Cathie vint vers moi, tenant Pacha dans ses bras. Elle me le tendit.

— Je l'ai trouvé enfermé dans le coffre en bois du salon. Ce papier était accroché à son collier.

Je pris Pacha dans mes bras et tendis le morceau de feuille à Pelletier. Il le lut tout haut.

« Et de six, maintenant tu sais qui je suis… Lali »

Et cela devait être moi la sixième victime ! Le capitaine soupira tout en me regardant.

— Si tu as besoin de quelqu'un pour aller à tes rendez-vous de…

Je savais où il voulait en venir, je le coupai.

— Ne vous inquiétez pas, capitaine ! Ma mère sera ravie de venir avec moi. Dès que je lui annoncerai la nouvelle, elle va me coller aux fesses tous les jours.

Le capitaine rit. Je m'allongeai sur le lit et fermai les yeux. Ma tête me tournait. J'allais tomber dans les pommes si je me levais, c'était sûr ! Pacha s'allongea à côté de moi. Pelletier et mes deux amis s'activaient autour de moi. J'allais m'en sortir, ce n'était pas mal ! Je posai mes mains sur mon ventre en espérant que le petit être qui poussait dans mon utérus ne deviendrait pas un psychopathe comme son père lorsqu'il serait adulte.

J'attendis l'ambulance… Je ne pensais plus à rien… je voulais dormir…

Le manoir perdu

Chapitre 1

La voiture stoppa net. De la fumée s'échappa de la partie avant. Rudy sortit du véhicule et ouvrit le capot fumant. Il constata qu'il ne pourrait pas faire grand-chose à ce moteur. Estelle regardait son mari en essayant de comprendre ce qui s'était passé. Le garage avait tout vérifié ! Marion contempla ses ongles tout en mâchant son chewing-gum qu'elle faisait éclater de temps en temps dans sa bouche. Lucas dormait dans son siège auto, tenant son doudou entre ses bras. Maya ouvrit sa portière et sortie de l'Espace. Elle remonta la capuche de son sweat sur sa tête et plongea ses mains dans les poches de celui-ci. Ses jambes nues frissonnèrent. L'adolescente se sentit soudain frustrée de ne pas avoir mis un denim au lieu d'une jupe en jean. Pourtant, il faisait si bon ce matin lorsqu'ils ont pris la route des vacances. L'air était frais, la nuit était tombée et ils se retrouvaient en panne sur une petite route au milieu des bois ! Son père ôta le téléphone portable de sa poche, il le regarda et soupira. Ensuite, il ferma le capot et vint vers sa fille.

— As-tu du réseau sur ton téléphone, ma chérie ?
Maya sortit le portable de son sweat.

— Non, papa.
Rudy ouvrit la portière de sa femme et posa la même question à Estelle. Celle-ci regarda son iPhone.

— Non. Je n'ai rien non plus.
Rudy posa ses yeux sur sa belle-fille. Celle-ci soupira.

— Non ! Rien, mâchouilla-t-elle.

Rudy regardait autour de lui et ne trouva qu'une solution ! Il se retourna vers sa femme qui venait de sortir de la voiture.

— Nous devons marcher sur la route, il y aura bien une voiture qui passera ou nous pourrions tomber sur une maison en bout de forêt !

— Tu n'y penses pas, Rudy ! Il fait nuit et frais, nous sommes au milieu de nulle part, sans téléphone ! hoqueta-t-elle.

— Justement, il faut marcher ! Nous ne pouvons pas rester là et attendre... il se dirigea vers la voiture... nous emportons un sac à dos rempli de nourriture, je dois avoir une ou deux lampes torches dans le coffre ! Dis aux enfants de s'habiller chaudement et de prendre juste le nécessaire. Nous allons bien trouver un moyen de s'en sortir.

Rudy sortit les deux lampes torches du coffre de la voiture et Estelle prépara le sac. Maya se vêtit de sa veste de pluie et chaussa ses baskets en toile. Marion ronchonna, comme à son habitude, elle ne prit pas la peine de changer de chaussures. Elle portait des talons hauts avec sa robe à fleurs et sa veste en jean. La jeune fille enfila tout de même son polaire au-dessus de ses vêtements. Maya réveilla son petit frère et le fit descendre de la voiture. Elle positionna le K-way molletonné du petit garçon sur les épaules de celui-ci. Lucas était toujours fatigué, il se frotta les yeux à l'aide de son doudou tout en suçant sa tétine. Rudy prit l'enfant dans ses bras et dès que sa famille fut prête, il avança le premier sur la route en tendant la lampe torche allumée devant lui. Marion essayait tant bien que mal de trouver du réseau sur son téléphone en le positionnant devant elle au-dessus de sa tête. Mais aucune barre de réception ne s'affichait ! Maya posa ses écouteurs sur ses oreilles et de la musique pop rock résonna dans ses tympans. Elle fredonnait tout en marchant. Estelle se tenait au côté de son mari. Elle lui en voulait de s'être perdue dans ces bois ! Le GPS leur avait indiqué une mauvaise direction et dès que la voiture était entrée sur la route forestière, celui-ci s'était éteint sans aucune raison, puis la voiture avait calé. Estelle regarda sa montre. Il était vingt-trois heures quarante-deux, et aucune voiture à l'horizon.

Ils marchèrent depuis plus d'une demi-heure lorsque Rudy aperçut des lumières au milieu de la forêt sur sa droite. Il donna le petit garçon qu'il portait dans ses bras à sa femme et se dirigea vers le bois. Estelle lui demanda de faire attention. Rudy fit quelques mètres en dehors de la route et se retrouva face à une grande grille en fer forgé. Il dirigea sa lampe torche vers l'autre côté de cette porte et fixa l'immense demeure qui se dressait parmi les arbres. Il appela sa femme et ses deux filles et poussa la grille qui n'était pas fermée à clé. Celle-ci grinça lentement. Estelle posa sa main sur le bras de son mari.

— Je ne pense pas qu'on devrait entrer ici, Rudy ! C'est assez… lugubre.

— Tu dis seulement cela parce qu'il fait noir et que ce manoir se trouve dans les bois. Préfères-tu encore marcher ? s'enquit Rudy.

— Non, bien sûr que non, soupira Estelle.

Rudy avança le premier suivi de sa famille. Ils marchèrent sur l'allée de pierre au sol. Des statues en marbre dessinaient une haie d'honneur sur les bords du chemin. Marion ronchonnait, car ses talons coinçaient entre les pierres. Maya regardait autour d'elle, les mains enfouies dans ses poches et les écouteurs dans les oreilles. Le manoir était lugubre sous l'éclairage de la lune. Elle constata qu'un vaste jardin encerclait celui-ci. Une fontaine attira son attention. Elle se trouvait non loin du chemin en pierre. Elle bifurqua sur la droite et se dirigea vers cette fontaine. Maya stoppa devant le monument et fixa l'eau qui coulait. Elle ne voyait pas très bien le liquide qui sortait des têtes de dragon, mais cela n'était certainement pas de l'eau ! Elle tendit sa main vers la fontaine pour pouvoir plonger celle-ci dans le liquide, lorsque soudainement, elle ressentit un vent glacial l'envahir et se retrouva assise sur ses fesses au sol. Quelque chose l'avait frôlé et bousculé ! Elle se releva rapidement et rejoignit sa famille qui se tenait sur le perron. Son cœur battait la chamade, son souffle fut coupé. Elle colla son dos contre le mur et attendit que son père frappe à la grande porte en bois. Estelle serrait son fils dans ses bras. Ils attendirent un moment avant que quelqu'un ne vienne ouvrir. Lorsque la grande porte en bois s'ouvrit, un petit homme trapu et vêtu d'un costume de pingouin se présenta devant eux. Il ne disait rien et se contentait de fixer les intrus. Rudy se racla la gorge.

— Excusez-moi, cher monsieur. Notre voiture est tombée en panne au bord de la route à quelques kilomètres d'ici. Nous avons vu des lumières dans cette demeure et nous avons pensé que vous pourriez nous aider.

Le petit homme ouvrit la porte au large.

— Entrez, je vous en prie, permit celui-ci.

Rudy passa le premier le seuil de la porte. Estelle contemplait le petit homme en passant près de lui, son fils dans les bras. Le regard de celui-ci lui donnait la chair de poule. Lorsque Maya passa près du major d'homme, elle constata qu'une lueur rouge scintillait dans les yeux du petit être humain. La jeune fille regarda l'intérieur de la maison. Quelque chose ne tournait pas rond dans cette demeure !

Chapitre 2

La maison était vaste et éclairée par de magnifiques lustres en cristal suspendus au plafond. Quelques bougies dans des chandeliers en argent se consumaient doucement. Le bois des meubles anciens craquait sous le changement de température. Les murs étaient sombres et des portraits ornaient les pierres qui menaient à l'étage. De la moquette recouvrait les larges marches en marbre de l'escalier. La demeure sentait à la fois le moisi et le parfum d'ambiance. Pas évident d'entretenir une si grande maison ! Le petit homme demanda à toute la famille d'attendre dans l'entrée et il disparut derrière une porte. Estelle se tenait près de son mari, elle était effrayée. Marion croisa ses bras sur sa poitrine, elle sentait le froid glisser sur sa peau. Maya se décida à faire quelques pas dans l'entrée. Elle se dirigea vers un meuble bas et contempla les objets posés sur celui-ci. Certains l'intriguaient. Elle ne savait pas à quoi cela pouvait servir.

L'adolescente prit une grande flèche, cela y ressemblait beaucoup, entre ses mains et l'étudia. Rudy soupira.

— Tu ne devrais pas toucher à ces objets, Maya !

Une voix s'éleva du haut de l'escalier, tout le monde sursauta sauf Maya.

— Ce n'est pas grave cher monsieur, ces objets sont inoffensifs lorsque l'on ne sait pas s'en servir.

La famille Corbelli leva les yeux vers le haut des marches. Un homme d'une quarantaine d'années, très élégant, cheveux blond cendré, yeux bleus couleur océan, souriait à la petite famille. Derrière lui se tenait une très belle femme à la chevelure rousse flamboyante, deux magnifiques diamants vert émeraude brillaient dans ses yeux. Sur le palier, tenant la rambarde tout en se penchant légèrement en avant, trois jeunes gens fixaient les inconnus. Deux garçons et une fille ! Marion ouvrit la bouche et lança un « ouah » silencieux devant le spectacle qui s'offrait à elle. Les deux jeunes hommes sourirent en même temps. Estelle se sentit plus rassurée.

L'homme descendit l'escalier lentement, suivit d'autres résidents. Rudy se positionna près de sa fille.

— Veuillez l'en excuser, monsieur, souffla-t-il. Ma fille est très curieuse.

L'homme stoppa devant Maya qui tenait toujours l'objet dans ses mains. Il fixa les yeux bleus de la jeune fille tout en lui reprenant la flèche doucement.

— Ceci est un objet précieux cher enfant, si tu ne fais pas attention, tu pourrais te blesser, souffla-t-il tendrement.

Il reposa l'objet sur le meuble et présenta sa famille de sa main.

— Soyez bienvenues. Voici mon épouse, Angeline, mes deux fils, Alexandre et Hayden ainsi que ma fille adorée, Lucie-Anne. Moi je me nomme Adrien. Vous êtes dans le manoir des Bonnacieux. Cela fait à présent huit générations qui hantent cette demeure immense. Que puis-je pour vous ?

Rudy serra la main que lui tendait le maître des lieux. Il la prit volontiers dans la sienne en constatant que celle-ci était froide et le salua.

— Bonsoir, la voiture est tombée en panne et nous cherchons de l'aide. Nous nous rendions sur notre lieu de vacances.

L'homme au visage translucide et d'une beauté incroyable sourit gaiement.

— Vous pouvez rester ici cette nuit, nous irons voir cette voiture dès le lever du jour ! Pour l'instant, il faut vous réchauffer et manger quelque chose. Je vous invite à passer dans la salle à manger, un banquet vous attend !

Rudy écarquilla les yeux, comment cet homme a pu prévoir un ravitaillement ? Il en resta bouche bée et suivit le maître des lieux jusqu'à une porte à double battant.

L'un des jeunes hommes et sa sœur se positionnèrent de chaque côté de Marion. Celle-ci leur sourit en faisant les yeux doux au jeune homme. Le plus jeune des fils se posta près de Maya et la contempla tout en marchant à ses côtés. La femme rousse se plaça près d'Estelle et posa sa main sur la tête du petit garçon.

— Il est magnifique ! Quel âge a-t-il ? demanda-t-elle gentiment.

— Deux ans, souffla Estelle mal à l'aise. Il se nomme Lucas.

— Quel joli prénom.

La femme rousse huma les cheveux du petit garçon tout en lui caressant la tête.

Tout le monde entra dans la salle à manger. Une grande table était dressée. Adrien demanda à ses invités de s'assoir, ce qu'ils firent tous en même temps. Puis ce fut le tour des hôtes. Marion était entourée de Lucie-Anne et d'Alexandre. Estelle se plaça près de son mari et face à Angeline. Le petit garçon descendit de ses genoux et se dirigea vers Maya en courant. Hayden s'était installé à côté de l'adolescente. Lucas tendit les bras à sa grande sœur et Maya le prit sur ses genoux. Le couple d'hôtes sourit de cette initiative. Lucas se blottit contre sa grande sœur. Angeline invita ses convives à se servir dans les plats. Sur la table se trouvaient un poulet coupé, des pommes de terre sautées, des haricots verts, du rôti de bœuf. Tout ceci sentait délicieusement bon. Rudy se servit le premier, suivi de sa femme et de Maya. Marion ne prit que des haricots verts. Lucie-Anne regarda l'assiette de la jeune fille.

— Tu ne manges que cela ? demanda-t-elle. Cette viande est succulente et tendre, tu sais, tu n'as rien à craindre.

Marion lui sourit.

— Je suis végétarienne. Je me contente de peu, avoua Marion un peu gênée.

Maya, qui avait déjà englouti un morceau de viande rouge, ne put s'empêcher de se moquer de sa demi-sœur.

— Tu ne manges pas pour ne pas grossir, c'est tout ! lança Maya en regardant Marion.

La jeune fille soupira.

— Je ne voudrais pas ressembler à une bonbonne et c'est ce que tu deviendras à ingurgiter des cochonneries en dehors des repas !

— Et moi, je ne désire pas me cacher derrière une affiche, ironisa Maya.

La famille Bonnacieux sentit une tension pesée dans la pièce.

Estelle posa sa fourchette sur le côté de son assiette.

— Marion fait seulement attention à son poids, dit-elle en direction de Maya.

— Tu parles ! Elle fait juste comme les pimbêches qu'elle fréquente, marmonna Maya.

— Tu devrais aussi faire attention, Maya. Lorsque l'on prend des kilos, on a du mal à les perdre par la suite.

Marion s'extasia. Sa mère la défendait toujours. Elle profita de cette occasion pour titiller sa demi-sœur.

— Oui, maman à raison, tu sais, tu deviendras une grosse dinde si tu ne fais pas attention à toi, ironisa-t-elle. Déjà que tu te fringues n'importe comment. Tu n'as aucune féminité !

Maya bouillonnait. Elle serrait sa fourchette dans sa main et n'avait qu'une envie, la lancer au visage de Marion.

Une main se posa sur la sienne et l'adolescente regarda le jeune homme assis à son côté. Il lui souriait. La peau d'Hayden était froide au contact de la sienne. La voix d'Angeline adoucit l'atmosphère.

— Je trouve votre fille cadette très ravissante, chère madame, souligna-t-elle.

Maya s'offusqua.

— Ce n'est pas ma mère ! gronda-t-elle en regardant Angeline.

Rudy daigna enfin réagir.

— Maya ! Veux-tu cesser tout de suite cette querelle, réprimanda-t-il. Nous sommes invités et ce n'est pas convenable de se disputer maintenant !

Maya se redressa brusquement, tenant son petit frère dans ses bras.

— Je n'ai plus faim... Elle regarda ses hôtes... Veuillez m'excuser ! Et elle quitta la table en compagnie de son petit frère. Maya sortit de la pièce.

Rudy soupira. Il devait donner des explications à ces gens même s'il n'en avait pas vraiment envie.

— Veuillez excuser ma fille, commença-t-il. La mère de Maya est morte depuis cinq ans. Ma fille n'avait que onze ans et la perte de ma femme fut très dure pour nous deux. Puis j'ai rencontré Estelle, nous nous sommes rapidement installés ensemble et nous avons eu Lucas. J'ai vendu la maison que je partageais avec ma femme et cela a perturbé Maya.

— Pauvre enfant, soupira Angeline.

— Oui, cela est injuste pour elle, soupira Rudy. Mais je ne pouvais pas rester dans cette maison. Trop de souvenirs m'empêchaient d'avancer. D'une enfant adorable, Maya est devenue une adolescente rebelle et insociable. Elle n'a pas vraiment d'amis et s'isole souvent. Parfois, je l'entends parler à sa mère. Que pouvais-je faire pour l'aider ? À part l'envoyer voir un spécialiste pour que celui-ci puisse l'aider.

— Pourrais-je savoir comment votre femme est morte ?

Rudy prit une profonde inspiration.

— La police a déclaré que ma femme s'est fait attaquer par un détraqué. Sa gorge était déchiquetée… (Il eut un moment d'hésitation avant de continuer) Maya se trouvait avec elle, lança-t-il tristement.

Angeline regarda son mari. Hayden se leva de sa chaise et sortit de la pièce. Angeline se pencha en avant et posa sa main sur celle de Rudy qui était placée sur la table.

— Est-ce que Maya se souvient de ce qui s'est passé ?

— Pour l'instant, même avec l'aide d'un psychologue, Maya ne se souvient pas. Les spécialistes disent que c'est normal, que son subconscient a enfoui ce jour dans un coin de son cerveau. Cela est trop dur pour elle. Le meurtrier n'a jamais été retrouvé. C'est un joggeur qui passait par là qui a vu ma femme au sol et ma fille agenouillée près d'elle. Il a appelé immédiatement la police et le SAMU. Il paraît que Maya est restée plus d'une heure avec sa mère ainsi. Elle était en état de choc. Maya n'a pas dit un mot pendant un mois. Puis elle a repris le chemin du collège et s'est renfermée.

Estelle regarda les plats encore remplis sur la table.

— Vous ne mangez pas ? demanda-t-elle à ses hôtes.

Angeline sourit.

— Nous avons déjà pris notre repas, souffla-t-elle doucement.

Puis, Adrien demanda à ses invités de le suivre et il les emmena à l'étage. Il leur montra leur chambre. Maya était assise sur un fauteuil dans le hall d'entrée, son petit frère sur ses genoux. Hayden approcha de la jeune fille doucement et s'assit sur le deuxième fauteuil. Il la contempla un moment avant de parler.

— Tu ne ressens pas d'amour pour cette femme, n'est-ce pas ? demanda-t-il.

Maya leva les yeux vers le jeune homme.

— Je ne la considère pas comme ma mère, c'est tout !

— Pourtant, tu aimes ton petit frère et celui-ci est né de cette femme.

Maya regarda Lucas et caressa les cheveux de l'enfant.

— C'est mon petit frère, le fils de mon père... et j'adore mon père.

Hayden sourit. Maya regarda le visage du jeune homme. Celui-ci était translucide, sans aucune imperfection. Ses cheveux bruns ébouriffés accentuaient le regard vert émeraude du garçon.

— Si tu avais un choix à faire, jeune demoiselle, quel humain de ta famille sauverais-tu ? lui demanda-t-il soudain.

Maya écarquilla les yeux. Ce garçon était bizarre. Quelle drôle de question ! Elle ne voulait pas répondre et préféra se lever. Elle prit Lucas dans ses bras et monta l'escalier rejoindre sa famille. Adrien ouvrit une porte dès son arrivée et fit entrer la jeune fille dans la pièce.

— Je suppose que tu veux que ton petit frère dorme à tes côtés, jeune fille ? suggéra-t-il.

Maya lui fit un signe positif de la tête et le maître des lieux quitta la chambre. Maya ferma la porte et déposa son petit frère sur le grand lit. Elle retira les chaussures du petit garçon et son pull-over. Lucas se mit à bâiller. Maya l'allongea sous les draps et se mit à l'aise. Elle garda son tee-shirt et son shorty. Elle se blottit contre son petit frère dans les draps.

Hayden resta un moment penché au-dessus du lit de l'adolescente. Il la contemplait. Pourquoi cette attirance ? Que se passe-t-il ? Cela ne s'était jamais produit auparavant. Il quitta la chambre de Maya lorsque l'aube pointa le bout de son nez à travers les volets en bois.

Chapitre 3

Maya se réveilla doucement. Elle s'étira dans le lit et constata que son petit frère ne se trouvait plus à côté d'elle. Elle se leva du lit, se revêtit de son jean et de son sweat à capuche, puis enfila ses chaussettes. Elle sortit de la chambre. Les voix de sa famille résonnaient dans la salle à manger. Elle les rejoignit. Dès que l'adolescente arriva dans la pièce, le major d'homme lui fit un signe de la main afin de s'assoir. Maya embrassa son père et s'assit à son côté. La famille Bonnacieux était absente.

— Où sont nos hôtes ? demanda-t-elle au petit homme.

Celui-ci se racla la gorge et frappa dans ses mains. Deux jeunes femmes entrèrent dans la pièce et installèrent le petit déjeuner sur la table.

— Votre père m'a déjà posé la question, cher enfant. Monsieur Bonnacieux est parti en ville pour joindre un garage qui pourrait remorquer votre voiture et la réparer. Sa dame et ses enfants sont partis rendre visite à un membre de leur famille.

Maya regarda l'homme, suspicieuse. Elle prit un petit pain et le coupa en deux à l'aide d'un couteau.

— Et quand rentrent-ils ? interrogea-t-elle.

— Dans la soirée, répondit calmement le major d'homme.

Maya beurra sa tartine pendant qu'une jeune femme versait du chocolat dans son bol.

— Et la ville ? Est-elle loin ?

Le petit homme soupira.

— À peu près trente kilomètres.

— Et monsieur Bonnacieux a une voiture ? s'étonna Maya. Je n'ai vu aucun véhicule en arrivant.

Le petit homme sourit amèrement. Cette gamine était bien curieuse.

— Non chère demoiselle. Monsieur Bonnacieux n'a pas de voiture. Il fait de la marche! C'est pour cela qu'il va rentrer tard.

Maya mordit dans sa tartine et se tut. Elle contempla son père et sa belle-mère. Lucas buvait son bol de chocolat à l'aide d'une paille. Marion n'était pas encore arrivée.

— Où est Marion ? demanda-t-elle.

— Elle dort encore, souffla Estelle.

Ils finirent leur petit déjeuner en silence et le major d'homme leur fit quelques propositions d'activités pour passer le temps. Maya aimait les livres, elle en dévorait beaucoup. Le petit homme l'emmena jusqu'à la bibliothèque et la laissa seule. La pièce était très spacieuse. Deux fauteuils rouges de style ancien ainsi que la banquette étaient placés face à la grande fenêtre. Trois des murs de la pièce étaient recouverts de bibliothèques en bois alignées les unes contre les autres. Maya fit glisser ses doigts sur les tranches de livre en lisant les titres. Elle tomba enfin sur une lecture qui l'intéressa. Elle prit le livre entre ses mains et s'assit sur le canapé. Elle se plongea dans sa lecture jusqu'à ce que le petit homme vienne la chercher pour le déjeuner. À table, Maya fixa sa demi-sœur qui se trouvait face à elle. Celle-ci était pâle. Son teint rosé avait disparu. Elle regarda ensuite Estelle et son père. Ceux-ci souriaient et les yeux bleus de son père contrastaient avec son teint mat. Elle mangea le contenu de son assiette et proposa à Estelle de prendre Lucas durant le reste de la journée. La femme ne s'y opposa pas et Maya se rendit dans la bibliothèque en compagnie de son petit frère. Elle assit Lucas sur le divan et reprit sa lecture. Au bout d'un moment, l'enfant s'endormit sur le sofa. À son réveil, Maya lui proposa de jouer sur le sol avec un cube en bois qu'elle avait trouvé sur une étagère. Mais Lucas ne tenait pas en place. C'était un enfant, et comme tout enfant, il faut l'occuper ! Maya ferma le livre et le posa sur le guéridon. Elle donna la main à son petit frère et décida d'explorer le manoir à la recherche d'une salle de jeu. Elle monta à l'étage et entreprit d'ouvrir les pièces non explorées. Elle trouva plusieurs chambres, dont celles des hôtes du manoir, puis un débarras. Elle ne trouva rien. De même au second étage. Ses yeux se posèrent sur l'escalier en bois qui menait au sous-sol. Elle prit Lucas dans ses bras et descendit les marches. Elle se retrouva dans un couloir sombre et humide. On ne voyait pas grand-chose ! Lucas enfouit son visage dans le cou de sa sœur. Celle-ci le rassura. Elle marcha à tâtons dans l'obscurité. Au bout du couloir se dressait une porte en bois. Elle posa sa main sur la poignée et retint son souffle. Qu'allait-elle trouver ? Une voix provenant de l'entrée du couloir la fit sursauter.

— Que faites-vous ici, chère demoiselle ?

Maya se retourna et aperçut le petit homme, tenant une lampe torche dans sa main. Elle cramponna son petit frère.

— Je… je cherchais de quoi occuper mon petit frère, avoua-t-elle. Il a besoin de jouer.

Le major d'homme fit signe à la jeune fille de le suivre.

— Ce que vous cherchez ne se trouve pas ici, demoiselle. Je vais vous montrer où vous pourrez trouver de quoi occuper votre petit frère.

Maya soupira et suivit le petit homme. Elle aurait tout de même voulu savoir ce qui se cachait derrière cette porte !

La famille Bonnacieux attendit que l'adolescente s'éclipse pour pouvoir sortir de leur lit en bois et se mouvoir jusqu'à l'étage.

Le petit homme ouvrit une pièce qui était fermée à clé et demanda à l'adolescente d'entrée.

— Voici une pièce que votre petit frère trouvera certainement à son goût, s'enquit-il.

Maya fut émerveillée. Une chambre d'enfant se présenta devant elle. Un petit lit à barreaux ornait le milieu de la pièce. Des jouets jonchaient le sol ici et là, des peluches garnissaient des étagères, un train électrique attendait patiemment qu'on le fasse tourner. Lucas explosa de joie dans les bras de sa sœur et Maya le déposa par terre. Il courut vers le train et l'alluma.

— Les Bonnacieux ont un bébé ? demanda Maya au petit homme.

— Avait, répondit simplement le major d'homme. Personne ne doit entrer dans cette chambre, ajouta-t-il. Mais ils m'ont donné la permission de l'ouvrir pour votre petit frère.

Maya en fut surprise. Le petit homme sortit de la pièce et s'éloigna. Ses maîtres étaient présents dans le manoir. Maya s'assit auprès de son petit frère et s'amusa avec lui jusqu'au dîner. Comme la veille, Maya se retrouva assise près d'Hayden. Lucas avait pris place à ses côtés, mangeant déjà les légumes qui se trouvaient dans son assiette. Maya regarda sa famille puis ses hôtes.

— Vous ne mangez pas ? lança-t-elle soudain en direction de la famille Bonnacieux.

Adrien posa ses yeux sur ceux de l'adolescente. Cette enfant était assez particulière. Il sourit.

— Nous avons déjà pris notre dîner à l'extérieur, jeune fille.

Maya fronça les sourcils.

— Comment avez-vous fait pour vous rejoindre ? Puisque vous n'étiez pas ensemble.

Rudy se racla la gorge. Il fit un signe à sa fille de se taire. Mais Maya n'en resta pas là.

— Ce n'est pas poli de ne pas partager son repas avec vos invités, vous ne croyez pas ? ajouta-t-elle.

Adrien resta calme. Angeline regarda l'adolescente avec un grand intérêt. Lucie-Anne ne put se contenir.

— Vous n'êtes pas nos invités, lança celle-ci à l'égard de Maya. Vous êtes nos…

— Lucie-Anne ! Cela suffit, gronda Adrien.

Lucie-Anne se rassit et fixa Maya.

— Je m'excuse, souffla-t-elle en direction de l'adolescente.

Maya regarda la jeune fille rousse. Elle avait un très beau visage éclatant, sans imperfection. Des taches de rousseur parsemaient ses joues en porcelaine. Ses grands yeux noisette brillaient comme des diamants. Maya soupira.

— C'est à moi de m'excuser, je ne voulais pas vous ennuyer.

— Alors, garde tes questions dans un coin de ton cerveau, ajouta Lucie-Anne.

Malheureusement pour la jeune fille, Maya n'était pas manipulable.

— Mes questions sont légitimes, je pense. Et je suis désolée d'être curieuse, c'est ma nature !

Lucie-Anne sentit ses ongles s'allonger. Alexandre posa sa main sur celle de sa sœur et la calma.

— La curiosité est un vilain défaut, mon enfant, lança Angeline d'une voix douce.

— La curiosité peut parfois nous révéler la vérité, se défendit Maya avant de se lever en s'excusant et sortir de la pièce.

Adrien regarda son fils Hayden. Celui-ci fit un signe positif de la tête vers son père et sortit de la salle à manger. Comme toujours, Rudy excusa le comportement de sa fille et tout le monde termina le repas. La famille Bonnacieux s'entretint rapidement et ils décidèrent qu'il était temps de passer aux choses sérieuses.

Chapitre 4

Maya s'était enfermée dans la bibliothèque et lisait le livre qu'elle avait abandonné cet après-midi. Ses yeux se fatiguaient et elle s'allongea sur le divan tout en tenant le roman entre ses mains. Elle continua à lire quelques lignes avant que le sommeil ne l'emporte.

Hayden se pencha au-dessus de la jeune fille. Ses cheveux acajou ondulaient sur le tissu rouge. Ses lèvres rosées dessinaient parfaitement le contour de sa bouche.

Son parfum d'essence de rose embaumait la pièce. Hayden prit le livre qui était posé sur le divan près de la main de la jeune fille et le déposa sur le guéridon. Il caressa doucement le visage de Maya et approcha sa bouche de l'oreille de l'adolescente.

— Maya !, appela-t-il doucement. Maya !

La jeune fille remua et ouvrit lentement les yeux. Le bleu de ses iris se posa dans le vert émeraude de ceux du jeune homme. Maya sentit son cœur battre la chamade, sa respiration se fit plus intense. Les lèvres d'Hayden étaient proches des siennes. Elle se redressa rapidement, Hayden s'écarta de la jeune fille.

— Il est tard, tu devrais rejoindre ta chambre, lui suggéra-t-il.

Maya ne dit rien et sortit en courant de la pièce. Elle se cramponna au chambranle de la porte avant d'entrer. Elle était toute chamboulée ! Que lui arrivait-il ? Elle poussa la porte et entra dans la pièce. Son petit frère n'était pas dans son lit. Hayden rejoignit la jeune fille, lui aussi était un peu perturbé par ce qui se passait. Maya lui demanda où était Lucas. Le jeune homme tendit sa main.

— Viens !, lui dit-il.

Maya posa sa main dans celle d'Hayden et le laissa la guider. Ils entrèrent dans la chambre d'enfant. Lucas dormait dans le lit à barreaux. Maya caressa les cheveux de son petit frère.

— À qui appartenait cette chambre, Hayden ? demanda-t-elle au jeune homme.

Hayden soupira. Maya se pinça les lèvres.

— Pardon Hayden, si tu ne veux pas me répondre, je ne…

— Si, je vais te répondre, la coupa-t-il. La chambre appartenait à mon petit frère. Il est mort lorsqu'il avait trois ans.

— Je suis désolée. Que lui est-il arrivé ?

Hayden ne répondit pas à cette question. Il ordonna à Maya de rejoindre sa chambre. La jeune fille, qui ne s'était pas douchée depuis la veille, demanda à Hayden la direction de la salle de bain. Le jeune homme l'accompagna jusqu'à la pièce et attendit derrière la porte. Cette nuit serait spéciale et il ne voulait pas que l'on touche à la jeune fille ! Il entendait déjà son frère et sa sœur s'amuser avec Marion. Il vit sa mère et son père entrer dans la chambre du couple Corbelli. Maya fut étonnée de voir le jeune homme devant la porte lorsqu'elle ressortit de la pièce. Hayden la contempla. Elle portait un drap de bain autour de son corps et ses cheveux étaient encore humides. Elle sentait bon la papaye. Il la raccompagna jusqu'à sa chambre et lui demanda de ne pas en sortir. Maya s'étonna. Elle ôta la serviette et se glissa sous les draps. Elle ne quitta pas la porte de la chambre des yeux puis s'endormit.

Hayden vit sa famille approcher de la chambre de Maya. Il se posta devant la porte et fit face à son frère.

— Laisse-nous passer, Hayden, ordonna Alexandre.

— Non, soupira le jeune homme.

Lucie-Anne écarquilla les yeux en souriant.

— Tu la trouves à ton goût, n'est-ce pas ?

Hayden grimaça.

— Ce n'est qu'une enfant.

Lucie-Anne rit.

— À son âge ! Je suis sûre que cette jeune fille n'est plus une enfant, lança Lucie-Anne.

Alexandre commença à bousculer son frère. Hayden résista.

— Si ! C'est encore une enfant, ragea-t-il. Elle est encore pure.

Angeline demanda à ses deux enfants de se pousser, ce qu'ils firent sans rechigner et elle approcha de son fils cadet. Elle posa ses mains sur les joues d'Hayden.

— Je te comprends, mon fils. Alors, fais ce que tu as à faire Hayden, nous ne lui ferons aucun mal.

Puis elle l'embrassa sur le front. Hayden regarda son père. Celui-ci fit un signe positif de la tête.

— Je suis d'accord avec ta mère, mon enfant. Cette jeune fille fera partie de notre famille si tu le souhaites.

Lucie-Anne fit la moue.

— Comment ça ? Pourquoi cette fille ferait-elle partie de notre famille ?

Angeline se tourna vers sa fille.

— Tu as Alexandre, ton frère est seul.

Lucie-Anne s'éloigna, vexée. Alexandre la rejoignit. Angeline sourit à son fils et s'éclipsa. Adrien posa sa main sur l'épaule d'Hayden.

— Si tu ne le fais pas, tu sais ce qui se passera pour elle. Alors, vas-y, Hayden !

Le jeune homme soupira et entra dans la chambre de Maya.

La jeune fille dormait paisiblement. Elle se trouvait sur le côté et son dos dénudé se présenta à Hayden. Le jeune homme s'allongea à côté de Maya et avança son visage vers celui de la jeune fille. Il ôta les longues mèches acajou de cheveux du cou de l'adolescente et approcha sa bouche de l'oreille de Maya.

— Ne m'en veut pas Maya. Je dois le faire, susurra-t-il.

La jeune fille remua et se retourna. Hayden ne bougea plus. Les yeux de Maya étaient toujours clos. Il contempla le corps nu de la jeune fille. Il remonta le drap sur la peau de l'adolescente et approcha ses lèvres du cou de Maya. Il embrassa sa peau tendrement avant d'ouvrir sa bouche et d'enfoncer ses canines dans la chair de Maya. La jeune fille soupira et ouvrit les yeux. Hayden but goulument le pur nectar rouge durant quelques minutes puis son regard se posa dans celui de Maya. Le corps de l'adolescente frissonna et son cœur battit la chamade. Hayden posa ses lèvres sur celles de Maya et la prit dans ses bras. Puis, sentant la jeune fille consentante, il fit glisser ses lèvres sur la peau de Maya la parsemant de baisers humides jusqu'à ce qu'il atteigne l'intimité de l'adolescente. Maya hoqueta de plaisir et son désir, jusque-là innocent, surgit de ses entrailles et planifia le passage à l'acte défendu. Maya laissa derrière elle tous ses préjugés sur l'amour et vécut l'instant présent avec une grande émotion qui la transporta dans un univers incroyable. Hayden fit attention à ne pas être brutal avec Maya. Il sentait la jeune fille heureuse et accessible. Dans un dernier cri de plaisir, Maya enlaça son cou fortement et Hayden se redressa sur ses avant-bras. Il enfonça de nouveau ses canines dans la chair du cou de la jeune fille et se nourrit de sa pureté tout en donnant un dernier coup de reins. Hayden regarda la jeune fille et caressa son visage. Sans dire un mot, il lui donna un baiser et se redressa. Hayden réajusta ses vêtements et sortit de la chambre. Il n'avait pas fait ce que ses parents lui avaient demandé, mais Maya était à lui et une seule goutte de son sang mélangé au sien la ferait passer dans les ténèbres. Il rejoignit sa famille dans les souterrains et attendit que le jour se lève.

Chapitre 5

Maya se réveilla doucement. Elle passa sa main sur son cou. Elle se souvint de ce qui s'était passé la veille. Elle se leva rapidement, s'habilla et sortit de la chambre en trombe. Ce n'était pas possible ! Incroyable ! Cela ne pouvait pas exister à part dans les romans. Elle se dirigea vers l'escalier qui menait au sous-sol. Elle descendit les marches et se retrouva dans le couloir sombre et humide. Elle n'y voyait pas grand-chose, mais savait que la porte en bois se trouvait face à elle. Maya marcha rapidement et se retrouva face au rectangle de bois. Elle posa sa main sur la poignée en retenant son souffle. Elle espérait que la porte ne soit pas fermée, ce qui fut le cas et entra dans une pièce éclairée à la bougie. Il n'y avait pas de fenêtre et le sol était en terre battue. La pièce sentait le renfermé et l'humidité. Elle contempla ce qui se présenta devant elle. Cinq cercueils étaient alignés contre le mur du fond. Des cercueils ! Ceux-là aimaient vivre dans l'ancien temps ! Elle approcha d'une boîte en bois et se pencha pour ouvrir le couvercle. Celui-ci glissa hors de son cercueil et tomba au sol. Elle posa ses mains sur sa bouche et retint son hoquet de stupéfaction. Dans cette boîte se trouvait Angeline, dormant profondément. Son teint blanc et ses cheveux roux la rendaient magnifique. Maya se ressaisit puis ouvrit les autres cercueils un à un. Toute la famille se trouvait là ! Puis des images ressurgirent de son subconscient. Sa mère agonisant entre les bras d'un individu. L'homme était penché sur sa mère, la bouche enfouie dans son cou. Lorsque l'individu posa ses yeux sur Maya une fois son acte abominable finit, la gamine eut un frisson d'effroi. Elle resta bouche bée, aucun cri ne sortait de sa gorge. Le visage de l'homme était transformé et d'énormes canines ensanglantées sortaient de sa bouche. Il ne s'en prit pas à Maya et s'éclipsa rapidement en s'accrochant aux parois des murs qui l'entouraient et volant ainsi jusque sur le toit d'un immeuble. Maya recula jusqu'à la porte en bois et sortit en courant de la pièce, longea le couloir rapidement et monta les escaliers. Elle se dirigea vers la chambre de son petit frère sans se rendre compte qu'on l'épiait. Lucas était assis sur le sol, toujours vêtu de son pyjama. Elle le prit dans ses bras et courut vers la chambre de ses parents. Ils n'étaient pas là ! Elle se rendit ensuite dans celle de Marion, la jeune fille était absente. Elle aperçut des taches de sang sur l'oreiller et le drap. Maya savait à présent qu'ils étaient en danger. Il fallait qu'elle sauve au moins son petit frère ! L'adolescente descendit l'escalier avec le garçonnet dans les bras et elle se dirigea vers la porte d'entrée. Elle clicha la poignée, mais la serrure était fermée et aucune clé n'était visible. Elle essaya de trouver une issue en ouvrant les fenêtres sans parvenir à ouvrir les volets en bois. Ceux-ci étaient bloqués. Pourtant, sans se décourager, elle fit de même dans les autres pièces. Mais aucune issue n'était possible ! Maya ne perdait pas espoir et tenta d'ouvrir le volet qui se trouvait dans la bibliothèque en donnant des coups de chaise sur celui-ci. Une voix s'éleva derrière elle et l'interrompit.

— Cela ne sert à rien, jeune fille. Tu ne peux pas sortir d'ici.

Maya se retourna. Le petit homme se tenait sur le seuil de la porte en compagnie de deux femmes. L'une était cuisinière et l'autre était la femme de ménage. Maya avait compris en les observant, que les deux femmes étaient de la famille du major d'homme. Maya posa la chaise sur le sol en regardant l'homme.

— Où sont mes parents ? Et Marion ? demanda-t-elle.

— Ils sont là où ils sont !

— Savez-vous ce que sont les gens pour qui vous travaillez ?

Le petit homme sourit.

— À ton avis, jeune demoiselle.

Puis la cuisinière porta Lucas et l'emmena. Maya courut vers elle.

— Laissez mon petit frère ! ordonna-t-elle.

Mais la femme ne l'écouta pas et sortit de la pièce. Maya voulut la rattraper, lorsqu'elle reçut un coup de canne dans le bas ventre qui la fit reculer et tomber au sol. Le petit homme l'avait frappé de son bâton. Le major d'homme ferma la porte de la bibliothèque et tourna la clé dans la serrure. Maya se retrouva enfermée. La jeune fille se redressa et frappa de toutes ses forces contre le bois de la porte en hurlant. Bientôt, des larmes coulèrent sur ses joues et elle se laissa glisser jusque sur le sol. Assise par terre, elle replia ses jambes, posa ses bras sur ses genoux et enfouit sa tête au creux de ceux-ci. Elle n'avait pas peur pour elle, mais se demandait ce qu'il adviendrait de Lucas. Si seulement elle pouvait joindre son grand frère, celui-ci viendrait la sauver !

Maya se réveilla lorsqu'elle entendit la clé tourner dans la serrure. Elle se redressa et trouva un coupe-papier sur le bureau. Elle le prit dans sa main, bien décidée à se défendre cette fois ! Elle se positionna devant le canapé et attendit. La porte s'ouvrit et Adrien entra dans la pièce suivie de sa famille. Maya tendit l'objet coupant devant elle. Son cœur battait la chamade, ses jambes tremblaient, mais Maya résista. Elle savait qu'elle ne pourrait rien faire contre ces monstres ! Tant pis ! Elle respira profondément et se rua sur Adrien. En un rien de temps, elle fut agrippée par une main puissante et un bras se retrouva sous son cou. Elle fut immobilisée. Adrien avança vers elle et prit le coupe-papier de sa main.

— Pauvre enfant. Ce n'est pas bien de vouloir blesser ses hôtes.

Puis, l'homme regarda l'objet dans sa main et fit glisser la lame sur le bras de Maya. La jeune fille ressentit une vive douleur. L'objet avait entaillé sa peau légèrement. Adrien porta le coupe-papier à sa bouche et lécha le sang qui se trouvait sur la lame.

— Alors comme ça, tu sais ce que nous sommes, jeune fille ?

Maya hésitait à répondre. Elle se pinça les lèvres. Le bras sous son cou serra son étreinte.

— Réponds à notre père, Maya ! lança Lucie-Anne.

Angeline intervint en posant sa main sur le bras de sa fille.

— Doucement Lucie-Anne. N'oublie pas à qui elle appartient !

Maya regarda du coin de l'œil la jeune fille qui la tenait. Son cou fut libéré et son bras relâché, mais Lucie-Anne restait derrière elle. Maya fit face à Adrien.

— Oui, soupira-t-elle.

Adrien sourit.

— Dis-moi ce que nous sommes ? demanda-t-il.

— Des… vampires, bégaya Maya.

— Et crois-tu à ces choses-là, jeune fille ?

Maya soupira.

— Non, pas vraiment. Mais je crois ce que je vois ! Et c'est un vampire qui a tué ma mère ! affirma-t-elle.

Adrien rit, suivi de sa femme et de ses enfants. Sauf Hayden, qui contemplait Maya sans rien dire. Elle n'aurait jamais dû être là ! Jamais elle ne retournera chez elle et mènera une vie d'adolescente comme il aurait aimé la vivre. Adrien posa sa main sur le visage de Maya et caressa la peau de la jeune fille.

— Comme tu es ravissante, mon enfant, et douce. La pureté de ton cœur nous ébahit. Tu deviendras une magnifique créature de la nuit.

Maya écarquilla les yeux. Elle hoqueta.

— Non ! hurla-t-elle. Je ne veux pas devenir comme vous !

— Il fallait y penser avant de copuler avec mon frère, lança amèrement Alexandre du seuil de la porte.

Angeline caressa les cheveux de Maya.

— Il faut se rendre à l'évidence, mon enfant. Soit tu fais partie de notre famille, car Hayden t'a choisi, soit tu meurs avec ta famille. De toute façon, tu ne sortiras jamais d'ici !

Maya retenait ses larmes. Elle regarda le couple de vampires qui se tenait devant elle. Elle n'avait pas le choix.

— Où est ma famille ? demanda-t-elle calmement.

Angeline sourit et lui prit la main. Elle la guida jusqu'à la porte.

— Je vais t'emmener les voir, mon enfant. Tu auras un choix à faire.

— Quel choix ? s'étonna Maya.

— Tu pourras choisir un seul d'entre eux !

— Pour faire quoi ? s'inquiéta Maya.

Angeline stoppa et se tourna vers la jeune fille.

— Ne t'inquiète pas, tu le choisiras pour qu'il ou elle survive et que cette personne fasse aussi parti de notre famille.

Puis Angeline reprit sa marche, tenant toujours Maya par la main. Les autres vampires les suivaient.

Chapitre 6

Maya se retrouva dans un couloir sous le manoir qui ressemblait à des catacombes. Des crânes humains trônaient sur les orifices creusés dans la pierre. Des ossements jonchaient le sol ici et là. Des rats couraient sur la terre battue en poussant des couinements. Quelques-uns passaient entre les jambes de Maya. La jeune fille évitait de crier, les rats et les araignées ne faisaient pas bon ménage avec elle. Angeline la fit entrer derrière une porte en fer et elles descendirent des escaliers. Maya entendit des pleurs. Il faisait noir dans la pièce, elle ne voyait rien. Adrien appuya sur un bouton et le néon du plafond éclaira la salle. Maya eut un hoquet de stupéfaction et de peur à la fois. Son père était assis sur le sol, attaché à un pilier. Ses vêtements étaient maculés de sang ainsi que son visage. Estelle avait les mains reliées entre elles, attachées au même pylône que son mari, dos collé à celui de Rudy. Marion était allongée sur un tapis, ses pieds et ses mains étaient liés. La jeune fille était vêtue de sous-vêtements. Des morsures de dents de vampires étaient visibles sur son corps. Elle était pâle et toussait abondamment. Du sang maculait son visage et son cou. Elle qui aimait être coquette, aujourd'hui, ses cheveux étaient emmêlés et en batailles, ses yeux bouffis par des pleurs inconsolables. Maya eut pitié de sa demi-sœur. Qui savait ce que ces choses faisaient avec elle ! Maya se l'imaginait vaguement et elle eut soudain envie de vomir. Des hauts de cœur montaient de sa gorge. Elle s'écarta des vampires et se pencha en avant pour déglutir. Lorsqu'elle se redressa, les larmes aux yeux, elle regarda les vampires.

— Pourquoi ne les tuez-vous pas ? demanda-t-elle... Les vampires ne lui répondaient pas... Je vous en supplie… pitié, implora-t-elle.

Angeline s'approcha de Maya et posa sa main sur le bras de la jeune fille.

— Nous le ferons, jeune fille. Mais d'abord, tu dois choisir, mon enfant.

Puis Maya entendit la voix de son petit frère. Elle contourna la femme vampire et chercha dans la pièce.

— Lucas ! appela-t-elle.

Le petit garçon était enfermé dans un parc à jeux duquel il ne pouvait pas sortir. Maya se précipita vers lui et l'observa. Il jouait tranquillement avec les peluches qui se trouvaient devant lui. Il n'avait pas l'air d'être malmené. Maya le prit dans ses bras et l'ausculta. Elle cherchait des marques de morsures.

— Nous ne l'avons pas encore touché. Nous attendons, souffla Angeline.

Maya se tourna vers elle, en colère.

— Attendre quoi ? demanda-t-elle en rageant.

— Que tu choisisses, répondit calmement la femme vampire.

Maya embrassa Lucas sur le front et le câlina. Elle n'avait pas le choix et devait être forte. Elle avança vers son père et se pencha vers lui. L'homme, qui était sorti de son sommeil lorsque sa fille était entrée dans la pièce, prononça le prénom de sa fille doucement. Maya caressa la joue de son père.

— Ne parle pas, papa. Je dois choisir. Je serais en vie, ne t'inquiète pas. Lorsque tu retrouveras maman, dis-lui que je vais bien et qu'elle me manque horriblement. (Maya retint ses larmes) Je… je t'aime, papa.

Maya embrassa son père sur le front puis en un dernier regard, elle comprit que celui-ci approuvait son choix. Maya se positionna devant Estelle avec Lucas dans ses bras. Le petit garçon toucha les cheveux de sa mère. La femme leva son visage vers celui de sa belle-fille. Elle se força à parler, même si sa gorge lui faisait mal.

— Protège-le, Maya… donne-lui… tout ton amour. Parle-lui de moi… sa maman l'aime… profondément…

Puis Estelle toussa, elle n'arrivait plus à parler.

— Je le lui dirai, Estelle. Et… je t'appréciais beaucoup même si je ne te le montrais pas. Pardonne-moi.

Estelle sourit. Maya approcha de Marion et se pencha sur la jeune fille. Marion pleurait.

— Pardonne-moi, Marion, mais je peux sauver qu'une seule personne.

La jeune fille remua la tête de gauche à droite.

— Et pourquoi tu n'es pas avec nous, toi ! hurla Marion. Tu es comme eux, c'est ça ? demanda-t-elle, tout excitée. À moins que tu nous aies trahis pour survivre. Tu offres tes parents et ta demi-sœur que tu détestes en échange de ta vie, c'est ça ?

— Je ne te déteste pas, Marion, soupira simplement Maya.

Marion se redressa sur ses coudes et cracha au visage de sa demi-sœur.

— Va en enfer avec eux, Maya ! Et surtout, ne fais pas semblant de regretter !

Maya se releva. Sa demi-sœur était trop atteinte pour parler avec elle. Celle-ci ne comprendrait pas ce qu'elle faisait. L'adolescente approcha d'Angeline et la fixa.

— Vous saviez que j'allais choisir mon petit frère, affirma-t-elle.

Puis Maya resta assise sur la première marche de l'escalier. Elle enfouit le visage de son petit frère contre sa poitrine et ferma les yeux, elle attendit que tout soit fini. Hayden ne prit pas part à la boucherie qui s'ensuivit. Il n'était pas comme eux ! Il se sentait encore humain, quelque part au fond de lui, son cœur battait toujours. Il ne pouvait pas expliquer comment cela était possible. Sa famille se rua sur le reste de la famille Corbelli. Maya entendit les cris affreux de ses parents, elle ne voulait pas devenir un monstre ! Hayden souleva Maya et son petit frère. Maya ouvrit les yeux et fixa le regard du jeune homme.

— Que fais-tu ? demanda-t-elle.

— Je te sauve, lança-t-il simplement avant de s'enfuir du manoir.

Hayden courut rapidement à travers la forêt. Sa famille ne tarderait pas à se rendre compte de sa trahison. Il portait Maya et Lucas. Lorsqu'il fut à quelques kilomètres de la route principale, il stoppa et posa Maya au sol. Celle-ci le contempla un moment.

— Donne-moi ta veste, Maya ! ordonna-t-il.

Maya s'exécuta et posa son petit frère par terre.

— Que vas-tu faire ? demanda-t-elle à Hayden.

— Je vais les mettre sur une fausse piste. Toi, tu prends ton petit frère et tu longes la route principale. Tu trouveras bien une voiture qui te reconduira chez toi !

— Mais… si tu me laisses partir, tu sais que je vais tout raconter et que la police viendra au manoir.

Hayden sourit.

— Je sais. Mais je suis sûr que tu n'es pas bête et que tu nous désigneras comme des psychopathes et non comme des vampires. Car, qui croirait une histoire pareille !

Maya soupira.

— Oui, c'est vrai, souffla-t-elle.

Hayden s'entailla le poignet à l'aide de ses canines.

— Tu dois boire mon sang, Maya... La jeune fille hésita... Tu ne te transformeras pas, la rassura-t-il. Je veux juste être sûr qu'ils ne te sentiront pas et... Hayden baissa les yeux... je pourrai te retrouver par la suite si tu en as envie, bien sûr ?

— Oui, je suis d'accord. Je veux bien te revoir, déclara Maya.

La jeune fille but au poignet d'Hayden et le jeune homme badigeonna le visage de Lucas de son sang. Puis il contempla Maya une dernière fois et lui donna un long baiser. Il s'évapora avant que celle-ci n'ouvre les yeux. Maya prit son petit frère dans ses bras et courut jusqu'à la route. La lune qui brillait dans le ciel éclairait le bitume et Maya put voir où poser les pieds. Ce n'était pas facile de marcher avec Lucas dans ses bras, mais qu'importe, Maya devait s'en sortir et ne pas finir en sangsue ! Sa marche se fit plus rapide à chaque bruit qu'elle entendit provenir des bois. Elle avait peur que la famille Bonnacieux sorte du fourré et l'emporte. Au bout d'un moment qui paraissait une éternité pour Maya, deux phares de voiture illuminèrent la route. La jeune fille ne bougea plus, espérant que cela ne soit pas les vampires... mais non... ils n'ont pas de voiture ! Puis elle reconnut le modèle et fondit en larme. Elle s'agenouilla sur le bitume et serra son petit frère dans ses bras. Elle était sauvée !

Julian aperçut quelque chose au milieu de la route. Il ralentit. Il avait parcouru un grand nombre de kilomètres et suivait le parcours qu'avait emprunté son père. Il avait bifurqué sur cette route au dernier moment ! Elle n'était pas indiquée sur la carte et le GPS ne la connaissait pas. Julian avait emprunté cette route pour éviter un obstacle sur la précédente. À cause de cette chose qui était passée devant sa voiture, il s'était égaré ! Il n'en croyait pas ses yeux. Elle était là ! Plantée au milieu de la route, recroquevillée. Julian stoppa la voiture sans arrêter le moteur et sortit de celle-ci. Il courut rejoindre sa petite sœur et la serra contre lui.

— Que fais-tu ici ? demanda-t-il. Où est papa ?
Maya leva ses yeux vers le visage de son frère.

— Julian ! Vite, dépêche-toi, il faut partir, lança-t-elle.
Julian aida Maya à se redresser et prit Lucas dans ses bras.

— Allons à la voiture, proposa-t-il.
Maya courut vers la voiture et ouvrit la portière arrière. Julian posa son petit frère sur le siège tout en contemplant le sang sur son visage.

— Je te raconterais, lança Maya. Mais il faut partir d'ici ! Vite !
Maya monta côté passager et Julian se positionna devant le volant. Il regardait sa petite sœur. Celle-ci était apeurée.

— Dis-moi ce qui s'est passé, Maya, ordonna Julian.

La jeune fille aperçut des silhouettes dans le rétroviseur. Celles-ci se rapprochaient. Elle posa brusquement la main sur le bras de son frère.

— Vite ! Fonce, hurla-t-elle.

Julian ne comprenait pas, mais pour que sa petite sœur soit dans un tel état, c'est qu'il s'était passé quelque chose de grave. Il appuya sur l'accélérateur et fonça. Bientôt, il sortit du bois et se retrouva sur la départementale. Il se faufila entre les voitures et ralentit. Maya soupira. Elle regarda derrière elle, plus personne ne les suivait ! Julian la contempla tout en conduisant. Lucas s'était endormi sur la banquette arrière. Lorsqu'il trouva une station, Julian s'arrêta et proposa à Maya de prendre un petit déjeuner. Elle accepta volontiers. Julian débarbouilla le visage de son petit frère à l'aide de lingettes de bébé achetées sur place et lui tendit une brique de chocolat. Le petit garçon but le contenu du carton. Maya était assise face à lui. Il la regarda.

— Raconte-moi, Maya !

Maya se pinça les lèvres, ses jambes remuaient sous la table.

— Je ne sais pas si… j'ai peur Julian.

Julian regarda la main de Maya trembler sur la table. Il la prit entre ses mains.

— Calme-toi, Maya. Je suis là maintenant, je t'ai retrouvé.

— Et comment étais-tu sûr que j'étais sur cette route ? demanda-t-elle.

— Je ne le savais pas. J'étais sur la nationale lorsque quelque chose m'a fait bifurquer. Un animal ou un… humain, enfin bref, j'ai voulu éviter l'impact et je me suis retrouvé sur cette route de forêt.

Maya pensa soudain à Hayden. Est-ce lui qui a mis son frère sur la bonne voie ? Elle se décida à parler à Julian en racontant toute l'histoire depuis le début, sauf qu'il y avait un mensonge là-dedans, ce n'était pas des psychopathes, mais des vampires. Or, cela, elle ne pouvait le dire à Julian. Son grand frère lui proposa d'aller au commissariat de la ville et de leur raconter la même histoire. Bien sûr, quand la police arriva au manoir en fin de soirée, celui-ci était désert. La police ne savait pas à qui appartenait cette vieille demeure. D'après eux, elle était abandonnée depuis longtemps. Les psychopathes avaient élu domicile sans permission. Ils fouillèrent les catacombes et y trouvèrent des restes de corps humain ainsi que les corps de la famille Corbelli. Maya se rendit en compagnie de son frère dans la salle où reposaient les cercueils, celle-ci était vide. Envolé ! Disparu ! Plus rien. C'était comme-ci elle avait rêvé. Mais le cauchemar qu'elle avait vécu était bien réel et jamais elle n'oubliera ces trois jours d'été. Lorsqu'elle passa près d'une photo posée sur un meuble, elle la contempla un moment. Julian fixa le portrait du jeune homme brun.

— Est-ce lui qui t'a aidé, Maya ?

— Oui, soupira-t-elle.

— Avec toutes les photos qui se trouvent ici, peut-être que la police arrivera a retrouvé ces monstres, lança Julian.

— J'en doute, souffla tristement Maya.

Elle reposa le portrait et quitta la demeure. Julian ouvrit la portière arrière de sa voiture et fit monter Lucas à l'intérieur de celle-ci. Puis il se mit au volant et attendit Maya qui discutait avec le commissaire. La jeune fille revint vers la voiture et juste avant de monter, elle regarda une dernière fois l'horrible manoir. Elle soupira de soulagement et se glissa sur le siège passager. Elle allait retrouver une vie normale en compagnie de Julian et de Lucas. Car dorénavant, ils seraient tous les deux sous la tutelle de Julian. Les voitures quittèrent l'allée du manoir et laissèrent la grande bâtisse vieillir.

Du haut de la branche, Hayden regardait la jeune fille monter dans la voiture. Il avait sauvé un être humain et était devenu un paria pour sa famille. Il vivrait seul à présent. Mais qu'importe, le monde était vaste et il pourrait se fabriquer une famille lui-même ! Peut-être qu'un jour, Maya pourrait en faire partie. Pour l'instant, elle n'était pas prête, il reviendrait lorsque la jeune fille voudra le revoir et cela arrivera bien assez tôt ! Maya était à lui…

Je remercie mon mari, mes enfants et tous ceux qui me soutiennent. Grâce à eux, je peux continuer à écrire…

Table des matières